HÉSIODE ÉDITIONS

ISABELLE EBERHARDT

Contes et paysages

Hésiode éditions

© Hésiode éditions.

1 rue Honoré - 93500 Pantin.
ISBN 978-2-38512-177-8
Dépôt légal : Janvier 2023

Impression Books on Demand GmbH

In de Tarpen 42
22848 Norderstedt, Allemagne

Contes et paysages

YASMINA

Elle avait été élevée dans un site funèbre où, au sein de la désolation environnante, flottait l'âme mystérieuse des millénaires abolis.

Son enfance s'était écoulée là, dans les ruines grises, parmi les décombres et la poussière d'un passé dont elle ignorait tout.

De la grandeur morne de ces lieux, elle avait pris comme une surcharge de fatalisme et de rêve. Étrange, mélancolique, entre toutes les filles de sa race : telle était Yasmina la Bédouine.

Les gourbis de son village s'élevaient auprès des ruines romaines de Timgad, au milieu d'une immense plaine pulvérulente, semée de pierres sans âge, anonymes, débris disséminés dans les champs de chardons épineux d'aspect méchant, seule végétation herbacée qui pût résister à la chaleur torride des étés embrasés. Il y en avait là, de toutes les tailles, de toutes les couleurs, de ces chardons : d'énormes, à grosses fleurs bleues, soyeuses parmi les épines longues et aiguës, de plus petits, étoilés d'or… et tous rampants enfin, à petites fleurs rose pâle. Par-ci par-là, un maigre buisson de jujubier ou un lentisque roussi par le soleil.

Un arc de triomphe, debout encore, s'ouvrait en une courbe hardie sur l'horizon ardent. Des colonnes géantes, les unes couronnées de leurs chapiteaux, les autres brisées, – une légion de colonnes dressées vers le ciel, comme en une rageuse et inutile révolte contre l'inéluctable Mort…

Un amphithéâtre aux gradins récemment déblayés, un forum silencieux, des voies désertes, tout un squelette de grande cité défunte, toute la gloire triomphale des Césars vaincue par le temps et résorbée par les entrailles jalouses de cette terre d'Afrique qui dévore lentement, mais sûrement, toutes les civilisations étrangères ou hostiles à son âme…

Dès l'aube, quand, au loin, le Djebel Aurès s'irisait de lueurs diaphanes, Yasmina sortait de son humble gourbi et s'en allait doucement, par la plaine, poussant devant elle son maigre troupeau de chèvres noires et de moutons grisâtres.

D'ordinaire, elle le menait dans la gorge tourmentée et sauvage d'un oued, assez loin du douar.

Là se réunissaient les petits pâtres de la tribu.

Cependant, Yasmina se tenait à l'écart, ne se mêlant point aux jeux des autres enfants.

Elle passait toutes ses journées, dans le silence menaçant de la plaine, sans soucis, sans pensées, poursuivant des rêveries vagues, indéfinissables, intraduisibles en aucune langue humaine.

Parfois, pour se distraire, elle cueillait au fond de l'oued desséché quelques fleurettes bizarres, épargnées du soleil, et chantait des mélopées arabes.

Le père de Yasmina, Elhadj Salem, était déjà vieux et cassé. Sa mère, Habiba, n'était plus, à trente-cinq ans, qu'une vieille momie sans âge, adonnée aux durs travaux du gourbi et du petit champ d'orge.

Yasmina avait deux frères aînés, engagés tous deux aux Spahis. On les avait envoyés tous deux très loin, dans le désert. Sa sœur aînée, Fathma, était mariée et habitait le douar principal des Ouled-Mériem. Il n'y avait plus au gourbi que les jeunes enfants et Yasmina, l'aînée, qui avait environ quatorze ans.

Ainsi, d'aurore radieuse en crépuscule mélancolique, la petite Yasmina avait vu s'écouler encore un printemps, très semblable aux autres qui se confondaient dans sa mémoire.

Or un soir, au commencement de l'été, Yasmina rentrait avec ses bêtes, remontant vers Timgad illuminée des derniers rayons du soleil à son déclin. La plaine resplendissait, elle aussi, en une pulvérulence rose d'une infinie délicatesse de teinte… Et Yasmina s'en revenait en chantant une complainte saharienne, apprise de son frère Slimène qui était venu en congé un an auparavant, et qu'elle aimait beaucoup :

Jeune fille de Constantine, qu'es-tu venue faire ici, toi qui n'es point de mon pays, toi qui n'es point faite pour vivre dans la dune aveuglante…

Jeune fille de Constantine, tu es venue et tu as pris mon cœur, et tu l'emporteras dans ton pays… Tu as juré de revenir, par le Nom très haut… Mais quand tu reviendras au pays des palmes, quand tu reviendras à El Oued, tu ne me retrouveras plus dans la demeure des pleurs*…. Cherche-moi dans la demeure de l'Éternité… Sois-y la bienvenue… etc.

Et doucement, la chanson plaintive s'envolait dans l'espace illimité… Et doucement, le prestigieux soleil s'éteignait dans la plaine…

Elle était bien calme, la petite âme solitaire et naïve de Yasmina… Calme et douce comme ces petits lacs purs que les pluies laissent au printemps pour un instant dans les éphémères prairies africaines, – et où rien ne se reflète, sauf l'azur infini du ciel sans nuages…

Quand Yasmina rentra, sa mère lui annonça qu'on allait la marier à Mohammed Elaour, cafetier à Batna.

D'abord, Yasmina pleura, parce que Mohammed était borgne et très laid et parce que c'était si subit et si imprévu, ce mariage.

Puis, elle se calma et sourit, car c'était écrit. Les jours se passèrent.

Yasmina n'allait plus au pâturage. Elle cousait, de ses petites mains maladroites, son humble trousseau de fiancée nomade.

Personne, parmi les femmes du douar, ne songea à lui demander si elle était contente de ce mariage. On la donnait à Elaour, comme on l'eût donnée à tout autre Musulman. C'était dans l'ordre des choses, et il n'y avait là aucune raison d'être contente outre mesure, ni non plus de se désoler.

Yasmina savait même que son sort serait un peu meilleur que celui des autres femmes de sa tribu, puisqu'elle habiterait la ville et qu'elle n'aurait, comme les Mauresques, que son ménage à soigner et ses enfants à élever.

Seuls les enfants la taquinaient parfois, lui criant : – Marte-el-Aour ! La femme du borgne ! Aussi évitait-elle d'aller, à la tombée de la nuit, chercher de l'eau à l'oued, avec les autres femmes. Il y avait bien une fontaine dans la cour du « bordj » des fouilles, mais le gardien Roumi, employé des Beaux-Arts, ne permettait point aux gens de la tribu de puiser l'eau pure et fraîche dans cette fontaine. Ils étaient donc réduits à se servir de l'eau saumâtre de l'oued où piétinaient, matin et soir, les troupeaux. De là, l'aspect maladif des gens de la tribu continuellement atteints de fièvres malignes.

Un jour, Elaour vint annoncer au père de Yasmina qu'il ne pourrait, avant l'automne, faire les frais de la noce et payer la dot de la jeune fille.

Yasmina avait achevé son trousseau et son petit frère Ahmed qui l'avait remplacée au pâturage, étant tombé malade, elle reprit ses fonctions de bergère et ses longues courses à travers la plaine.

Elle y poursuivait ses rêves imprécis de vierge primitive, que l'approche du mariage n'avait en rien modifiés.

Elle n'espérait ni même ne désirait rien. Elle était inconsciente, donc heureuse.

Il y avait alors à Batna un jeune lieutenant, détaché au Bureau Arabe, nouvellement débarqué de France. Il avait demandé à venir en Algérie, car la vie de caserne qu'il avait menée pendant deux ans, au sortir de Saint-Cyr, l'avait profondément dégoûté. Il avait l'âme aventureuse et rêveuse.

À Batna, il était vite devenu chasseur, par besoin de longues courses à travers cette âpre campagne algérienne qui, dès le début, l'avait charmé singulièrement.

Tous les dimanches, seul, il s'en allait à l'aube, suivant au hasard les routes raboteuses de la plaine et parfois les sentiers ardus de la montagne.

Un jour, accablé par la chaleur de midi, il poussa son cheval dans le ravin sauvage où Yasmina gardait son troupeau.

Assise sur une pierre, à l'ombre d'un rocher rougeâtre où des genévriers odorants croissaient, Yasmina jouait distraitement avec des brindilles vertes, et chantait une complainte bédouine où, comme dans la vie, l'amour et la mort se côtoient.

L'officier était las et la poésie sauvage du lieu lui plut.

Quand il eut trouvé la ligne d'ombre pour abriter son cheval, il s'avança vers Yasmina et, ne sachant pas un mot d'arabe, lui dit en français :

– Y a-t-il de l'eau, par ici ?

Sans répondre, Yasmina se leva pour s'en aller, inquiète, presque farouche.

– Pourquoi as-tu peur de moi ? Je ne te ferai pas de mal, dit-il, amusé déjà par cette rencontre. Mais elle fuyait l'ennemi de sa race vaincue et elle partit.

Longtemps, l'officier la suivit des yeux.

Yasmina lui était apparue, svelte et fine sous ses haillons bleus, avec son visage bronzé, d'un pur ovale, où les grands yeux noirs de la race berbère scintillaient mystérieusement, avec leur expression sombre et triste, contredisant étrangement le contour sensuel à la fois et enfantin des lèvres sanguines, un peu épaisses. Passés dans le lobe des oreilles gracieuses, deux lourds anneaux de fer encadraient cette figure charmante. Sur le front, juste au milieu, la croix berbère était tracée en bleu, symbole inconnu, inexplicable chez ces peuplades autochtones qui ne furent jamais chrétiennes et que l'Islam vint prendre toutes sauvages et fétichistes, pour sa grande floraison de foi et d'espérance.

Sur sa tête aux lourds cheveux laineux, très noirs, Yasmina portait un simple mouchoir rouge, roulé en forme de turban évasé et plat.

Tout en elle était empreint d'un charme presque mystique dont le lieutenant Jacques ne savait s'expliquer la nature.

Il resta longtemps là, assis sur la pierre que Yasmina avait quittée. Il songeait à la Bédouine et à sa race tout entière.

Cette Afrique où il était venu volontairement lui apparaissait encore comme un monde presque chimérique, inconnu profondément, et le peuple Arabe, par toutes les manifestations extérieures de son caractère, le plongeait en un constant étonnement. Ne fréquentant presque pas ses camarades du Cercle, il n'avait point encore appris à répéter les clichés ayant cours en Algérie et si nettement hostiles, a priori, à tout ce qui est Arabe et Musulman.

Il était encore sous le coup du grand enchantement, de la griserie intense de l'arrivée, et il s'y abandonnait voluptueusement.

Jacques, issu d'une famille noble des Ardennes, élevé dans l'austérité d'un collège religieux de province, avait gardé, à travers ses années de Saint-Cyrien, une âme de montagnard, encore relativement très fermée à cet « esprit moderne », frondeur et sceptique de parti pris, qui mène rapidement à toutes les décrépitudes morales.

Il savait donc encore voir par lui-même, et s'abandonner sincèrement à ses propres impressions.

Sur l'Algérie, il ne savait que l'admirable épopée de la conquête et de la défense, l'héroïsme sans cesse déployé de part et d'autre pendant trente années.

Cependant, intelligent, peu expansif, il était déjà porté à analyser ses sensations, à classifier en quelque sorte, ses pensées.

Ainsi, le dimanche suivant, quand il se vit reprendre le chemin de Timgad, eut-il la sensation très nette qu'il n'y allait que pour revoir la petite Bédouine.

Encore très pur et très noble, il n'essayait point de truquer avec sa conscience. Il s'avouait parfaitement qu'il n'avait pu résister à l'envie d'acheter des bonbons, dans l'intention de lier connaissance avec cette petite fille, dont la grâce étrange le captivait si invinciblement et à laquelle, toute la semaine durant, il n'avait fait que penser.

… Et maintenant, parti dès l'aube par la belle route de Lambèse, il pressait son cheval, pris d'une impatience qui l'étonnait lui-même… Ce n'était en somme que le vide de son cœur à peine sorti des limbes enchantés de l'adolescence, sa vie solitaire loin du pays natal, la presque virginité de sa pensée que les débauches de Paris n'avaient point souillée, – ce n'était que ce vide profond qui le poussait vers l'inconnu troublant qu'il commençait à entrevoir au delà de cette ébauche d'aventure bédouine.

... Enfin, il s'enfonça dans l'étroite et profonde gorge de l'oued desséché.

Çà et là, sur les grisailles fauves des broussailles, un troupeau de chèvres jetait une tache noire à côté de celle, blanche, d'un troupeau de moutons.

Et Jacques chercha presque anxieusement celui de Yasmina.

– Comment se nomme-t-elle ? Quel âge a-t-elle ? Voudra-t-elle me parler, cette fois, ou bien s'enfuira-t-elle comme l'autre jour ?

Jacques se posait toutes ces questions avec une inquiétude croissante. D'ailleurs, comment allait-il lui parler, puisque, bien certainement, elle ne comprenait pas un mot de français et que lui ne savait pas même le sabir ?...

Enfin, dans la partie la plus déserte de l'oued, il découvrit Yasmina, couchée à plat ventre parmi ses agneaux, et la tête soutenue par ses deux mains.

Dès qu'elle l'aperçut, elle se leva, hostile de nouveau.

Habituée à la brutalité et au dédain des employés et des ouvriers des ruines, elle haïssait tout ce qui était chrétien.

Mais Jacques souriait, et il n'avait pas l'air de lui vouloir du mal. D'ailleurs, elle voyait bien qu'il était tout jeune et très beau sous sa simple tenue de toile blanche.

Elle avait auprès d'elle une petite guerba* suspendue entre trois piquets formant faisceau.

Jacques lui demanda à boire, par signes. Sans répondre, elle lui montra du doigt la guerba.

Il but. Puis il lui tendit une poignée de bonbons roses. Timidement, sans oser encore avancer la main, elle dit en arabe, avec un demi-sourire et levant pour la première fois ses yeux sur ceux du Roumi :

– Ouch-noua ? Qu'est-ce ?

– C'est bon, dit-il, riant de son ignorance, mais heureux que la glace fût enfin rompue.

Elle croqua un bonbon, puis, soudain, avec un accent un peu rude, elle dit : « Merci ! »

– Non, non, prends-les tous !

– Merci ! Merci ! Msiou ! merci !

– Comment t'appelles-tu ?

Longtemps, elle ne comprit pas. Enfin, comme il s'était mis à lui citer tous les noms de femmes Arabes qu'il connaissait, elle sourit et dit : « Smina » (Yasmina).

Alors, il voulut la faire asseoir près de lui, pour continuer la conversation. Mais, prise d'une frayeur subite, elle s'enfuit.

Toutes les semaines, quand approchait le dimanche, Jacques se disait qu'il agissait mal, que son devoir était de laisser en paix cette créature innocente dont tout le séparait et qu'il ne pourrait jamais que faire souffrir… Mais il n'était plus libre d'aller à Timgad ou de rester à Batna et il partait…

Bientôt Yasmina n'eut plus peur de Jacques. Toutes les fois, elle vint d'elle-même s'asseoir près de l'officier, et elle essaya de lui faire comprendre des choses dont le sens lui échappait la plupart du temps, malgré tous les efforts de la jeune fille. Alors voyant qu'il ne parvenait pas à la comprendre, elle se mettait à rire... Et alors, ce rire de gorge qui lui renversait la tête en arrière, découvrait ses dents d'une blancheur laiteuse, donnait à Jacques une sensation de désir et une prescience de volupté grisantes...

En ville, Jacques s'acharnait à l'étude de l'arabe algérien... Son ardeur faisait sourire ses camarades qui disaient, non sans ironie : « Il doit y avoir une bicotte là-dessous. »

Déjà, Jacques aimait Yasmina, follement, avec toute l'intensité débordante d'un premier amour chez un homme à la fois très sensuel et très rêveur en qui l'amour de la chair se spiritualisait, revêtait la forme d'une tendresse vraie...

Cependant, ce que Jacques aimait en Yasmina, en son ignorance absolue de l'âme de la Bédouine, c'était un être purement imaginaire, issu de son imagination, et bien certainement, fort peu semblable à la réalité...

Souriante, avec, cependant une ombre de mélancolie dans le regard, Yasmina écoutait Jacques lui chanter, maladroitement encore, toute sa passion qu'il n'essayait même plus d'enchaîner.

– C'est impossible, disait-elle, avec, dans la voix, une tristesse déjà douloureuse. Toi, tu es un Roumi, un Kéfer*, et moi, je suis Musulmane. Tu sais, c'est haram* chez nous, qu'une Musulmane prenne un chrétien ou un juif. Et pourtant, tu es beau, tu es bon... Je t'aime...

Un jour, très naïvement, elle lui prit le bras et dit, avec un long regard tendre : – Fais-toi musulman... C'est bien facile ! Lève ta main droite, comme ça, et dis, avec moi : « La illaha illa Allah, Mohammed raçoul Allah » : Il n'est point d'autre divinité que Dieu, et Mohammed est l'envoyé de Dieu. »

Lentement, par simple jeu, pour lui faire plaisir, il répéta les paroles chantantes et solennelles qui, prononcées sincèrement, suffisent à lier irrévocablement à l'Islam… Mais Yasmina ne savait point que l'on peut dire de telles choses sans y croire, et elle pensait que l'énonciation seule de la profession de foi musulmane par son Roumi en ferait un croyant… Et Jacques, ignorant des idées frustes et primitives que se fait de l'Islam le peuple illettré, ne se rendait point compte de la portée de ce qu'il venait de faire.

…

Ce jour-là, au moment de la séparation, spontanément, avec un sourire heureux, Yasmina lui donna un baiser, le premier… Ce fut pour Jacques une ivresse sans nom, infinie…

Désormais, dès qu'il était libre, dès qu'il disposait de quelques heures, il partait au galop pour Timgad.

Pour Yasmina, Jacques n'était plus un Roumi, un Kéfer… Il avait attesté l'unité absolue de Dieu et la mission de son Prophète… Et un jour, simplement, avec toute la passion fougueuse de sa race, elle se donna…

Ils eurent un instant d'anéantissement ineffable, après lequel ils se réveillèrent, l'âme illuminée d'une lumière nouvelle, comme s'ils venaient de sortir des ténèbres.

… Maintenant, Jacques pouvait dire à Yasmina presque toutes les choses douces ou poignantes dont était remplie son âme, tant ses progrès en arabe avaient été rapides… Parfois, il la priait de chanter. Alors, couché près de Yasmina, il mettait sa tête sur ses genoux et, les yeux clos, il s'abandonnait à une rêverie imprécise, très douce.

Depuis quelque temps, une idée singulière venait le hanter et quoique la sachant bien enfantine, bien irréalisable, il s'y abandonnait, y trouvant une jouissance étrange… Tout quitter, à jamais, renoncer à sa famille, à la France, rester pour toujours en Afrique, avec Yasmina… Même démissionner et s'en aller, avec elle toujours, sous le burnous et le turban, mener une existence insoucieuse et lente, dans quelque Ksar du Sud… Quand Jacques était loin de Yasmina, il retrouvait toute sa lucidité et il souriait de ces enfantillages mélancoliques… Mais, dès qu'il se retrouvait auprès d'elle, il se laissait aller à une sorte d'assoupissement intellectuel d'une douceur indicible. Il la prenait dans ses bras et, plongeant son regard dans l'ombre du sien, il lui répétait à l'infini ce mot de tendresse arabe, si doux :

– Aziza ! Aziza ! Aziza !…

Yasmina ne se demandait jamais quelle serait l'issue de ses amours avec Jacques. Elle savait que beaucoup d'entre les filles de sa race avaient des amants, qu'elles se cachaient soigneusement de leurs familles, mais que, généralement, cela finissait par un mariage.

Elle vivait. Elle était heureuse simplement, sans réflexion et sans autre désir que celui de voir son bonheur durer éternellement.

Quant à Jacques, il voyait bien clairement que leur amour ne pouvait que durer ainsi, indéfiniment, car il concevait l'impossibilité d'un mariage entre lui qui avait une famille, là-bas, au pays, et cette petite Bédouine qu'il ne pouvait même songer à transporter dans un autre milieu, sur un sol lointain et étranger.

Elle lui avait bien dit que l'on devait la marier à un cahouadji de la ville, vers la fin de l'automne…

Mais c'était si loin, cette fin d'automne… Et lui aussi, Jacques s'abandonnait à la félicité de l'heure…

– Quand ils voudront me donner au borgne, tu me prendras et tu me cacheras quelque part dans la montagne, loin de la ville, pour qu'ils ne me retrouvent plus jamais. Moi, j'aimerais habiter la montagne, où il y a de grands arbres qui sont plus vieux que les plus anciens des vieillards, et où il y a de l'eau fraîche et pure qui coule à l'ombre… Et puis, il y a des oiseaux qui ont des plumes rouges, vertes et jaunes, et qui chantent…

Je voudrais les entendre, et dormir à l'ombre, et boire l'eau fraîche… Tu me cacheras dans la montagne et tu viendras me voir, tous les jours… J'apprendrai à chanter comme les oiseaux, et je chanterai pour toi. Après, je leur apprendrai ton nom, pour qu'ils me le redisent, quand tu seras absent.

Yasmina lui parlait ainsi parfois, avec son étrange regard sérieux et ardent…

– Mais, disait-elle, les oiseaux du Djebel Touggour sont des oiseaux musulmans… Ils ne sauront pas chanter ton nom de Roumi… Ils ne sauront te dire qu'un nom musulman… et c'est moi qui dois te le donner, pour le leur apprendre… Tu t'appelleras Mabrouck*, cela nous portera bonheur.

… Pour Jacques, cette langue arabe était devenue une musique suave, parce que c'était sa langue à elle, et que tout ce qui était elle l'enivrait. Jacques ne pensait plus, il vivait.

Et il était heureux.

• • •

Un jour, Jacques apprit qu'il était désigné pour un poste du Sud-Oranais.

Il lut et relut l'ordre implacable, sans autre sens pour lui que celui-ci : partir, quitter Yasmina, la laisser marier à ce cafetier borgne, et ne plus jamais la revoir…

Pendant des jours et des jours, désespérément, il chercha un moyen quelconque de ne pas partir, une permutation avec un camarade… mais en vain.

Jusqu'au dernier moment, tant qu'il avait pu conserver la plus faible lueur d'espérance, il avait caché à Yasmina le malheur qui allait les frapper…

Pendant ses nuits d'insomnie et de fièvre, il en était arrivé à prendre des résolutions extrêmes : tantôt il se décidait à risquer le scandale retentissant d'un enlèvement et d'un mariage, tantôt il songeait à donner sa démission, à tout abandonner pour sa Yasmina, à devenir en réalité ce Mabrouk qu'elle rêvait de faire de lui… Mais, toujours une pensée venait l'arrêter : il y avait là-bas, dans les Ardennes, un vieux père et une mère aux cheveux blancs qui mourraient certainement de chagrin, si leur fils, « le beau lieutenant Jacques », comme on l'appelait au pays, faisait toutes ces choses qui passaient par son cerveau embrasé, aux heures lentes des nuits mauvaises.

Yasmina avait bien remarqué la tristesse et l'inquiétude croissante de son Mabrouk, et, n'osant encore lui avouer la vérité, il lui disait que sa vieille mère était bien malade, là-bas, fil Fransa…

Et Yasmina essayait de le consoler, de lui inculquer son tranquille fatalisme.

– Mektoub, disait-elle. Nous sommes tous sous la main de Dieu et tous nous mourrons, pour retourner à Lui… Ne pleure pas ; Ya Mabrouk, c'est écrit.

Oui, songeait-il amèrement, nous devons tous, un jour ou l'autre, être à jamais séparés de tout ce qui nous est cher… pourquoi donc le sort, ce Mektoub dont elle me parle, nous sépare-t-il donc prématurément, tant que nous sommes en vie tous deux ?

Enfin, peu de jours avant celui fixé irrévocablement pour son départ, Jacques partit pour Timgad… Il allait, plein de crainte et d'angoisse, dire la vérité à Yasmina. Cependant, il ne voulait point lui dire que leur séparation serait probablement, certainement même, éternelle…

Il lui parla simplement d'une mission devant durer trois ou quatre mois.

Jacques s'attendait à une explosion de désespoir déchirant…

Mais, debout devant lui, elle ne broncha pas. Elle continua de le regarder bien en face, comme si elle eût voulu lire dans ses pensées les plus secrètes… et ce regard lourd, sans expression compréhensible pour lui, le troubla infiniment… Mon Dieu ! allait-elle donc croire qu'il l'abandonnait volontairement ?

Comment lui expliquer la vérité, comment lui faire comprendre qu'il n'était pas le maître de sa destinée ? Pour elle, un officier Français était un être presque tout-puissant, absolument libre de faire tout ce qu'il voulait.

… Et Yasmina continuait de regarder Jacques bien en face, les yeux dans les yeux. Elle gardait le silence…

Il ne put supporter plus longtemps ce regard qui semblait le condamner.

Il la saisit dans ses bras. – Ô Aziza ! Aziza ! dit-il. – Tu te fâches contre moi ! Ne vois-tu donc pas que mon cœur se brise, que je ne m'en irais jamais, si seulement je pouvais rester !

Elle fronça ses fins sourcils noirs.

– Tu mens ! dit-elle. Tu mens ! Tu n'aimes plus Yasmina, ta maîtresse, ta femme, ta servante, celle à qui tu as pris sa virginité. C'est bien toi qui tiens à t'en aller !... Et tu mens encore, quand tu me dis que tu reviendras bientôt... Non, tu ne reviendras jamais, jamais, jamais !

Et ce mot, obstinément répété sur un ton presque solennel, sembla à Jacques le glas funèbre de sa jeunesse.

– Abadane ! Abadane ! Il y avait, dans le son même de ce mot, quelque chose de définitif, d'inexorable et de fatal.

– Oui, tu t'en vas... Tu vas te marier avec une Roumia, là-bas, en France...

Et une flamme sombre s'alluma dans les grands yeux roux de la nomade. Elle s'était dégagée presque brusquement de l'étreinte de Jacques, et elle cracha à terre, avec dédain, en un mouvement d'indignation sauvage.

– Chiens et fils de chiens, tous les Roumis !

– Oh, Yasmina, comme tu es injuste envers moi ! Je te jure que j'ai supplié tous mes camarades l'un après l'autre de partir au lieu de moi... et ils n'ont pas voulu.

– Ah, tu vois bien toi-même que, quand un officier ne veut pas partir, il ne part pas !

– Mais mes camarades, c'est moi qui les ai priés de partir à ma place, et ils ne dépendent pas de moi... tandis que moi, je dépends du général, du ministre de la guerre...

Mais Yasmina, incrédule, demeurait hostile et fermée.

Et Jacques regrettait que l'explosion de désespoir qu'il avait tant redoutée en route n'eût pas eu lieu.

Ils restèrent longtemps ainsi, silencieux, séparés déjà par tout un abîme, – par toutes ces choses européennes qui dominaient tyranniquement sa vie à lui et qu'elle, Yasmina, ne comprendrait jamais…

Enfin, le cœur débordant d'amertume, Jacques pleura, la tête abandonnée sur les genoux de Yasmina.

Quand elle le vit sangloter si désespérément, elle comprit qu'il était sincère… Elle serra la chère tête aimée contre sa poitrine, pleurant elle aussi, enfin.

– Mabrouk ! Prunelle de mes yeux ! Ma lumière ! O petite tache noire de mon cœur ! Ne pleure pas, mon seigneur ! Ne t'en va pas, Ya Sidi. Si tu veux partir, je me coucherai en travers de ton chemin et je mourrai. Et alors, tu devras passer sur le cadavre de ta Yasmina. Ou bien, si tu dois absolument partir, emmène-moi avec toi. Je serai ton esclave. Je soignerai ta maison et ton cheval… Si tu es malade, je te donnerai le sang de mes veines pour te guérir… ou je mourrai pour toi. Ya Mabrouk ! Ya Sidi ! emmène-moi avec toi…

Et comme il gardait le silence, brisé, devant l'impossibilité de ce qu'elle demandait, elle reprit :

– Alors, viens, mets des vêtements arabes. Sauvons-nous ensemble dans la montagne, ou bien, plus loin, dans le désert, au pays des Chaâmba et des Touaregs… Tu deviendras tout à fait Musulman, et tu oublieras la France…

— Je ne puis pas... Ne me demande pas l'impossible. J'ai de vieux parents, là-bas, en France, et ils mourront de chagrin... Oh ! Dieu seul sait combien je voudrais pouvoir te garder auprès de moi, toujours.

Il sentait les lèvres chaudes de Yasmina lui caresser doucement les mains, dans le débordement de leurs larmes mêlées... Ce contact réveilla en lui d'autres pensées, que la douleur avait momentanément assoupies, et ils eurent encore un instant de joie si profonde, si absolue qu'ils n'en avaient jamais connue de semblable même aux jours de leur tranquille bonheur.

— Oh ! comment nous quitter ! bégayait Yasmina, dont les larmes continuaient de couler.

Deux fois encore, Jacques revint et ils retrouvèrent cette indicible extase qui semblait devoir les lier l'un à l'autre, indissolublement et à jamais.

Mais enfin, l'heure solennelle des adieux sonna... de ces adieux que l'un savait, et que l'autre pressentait éternels...

Dans leur dernier baiser, ils mirent toute leur âme...

Longtemps, Yasmina écouta retentir au loin le galop cadencé du cheval de Jacques... Quand elle ne l'entendit plus, et que la plaine fut retombée au lourd silence accoutumé, la petite Bédouine se jeta la face contre terre et pleura...

...

Un mois s'était écoulé depuis le départ de Jacques, Yasmina vivait en une sorte de torpeur morne.

Toute la journée, seule désormais dans son oued sauvage, elle demeurait couchée à terre, immobile.

En elle, aucune révolte contre ce Mektoub auquel, dès sa plus tendre enfance, elle était habituée à attribuer tout ce qui lui arrivait, en bien comme en mal… Simplement, une douleur infinie, une souffrance continue, sans trêve ni repos, la souffrance cruelle et injuste des êtres inconscients, enfants ou animaux, qui n'ont même pas l'amère consolation de comprendre pourquoi et comment ils souffrent…

Comme tous les nomades, mélange confus où sang asiatique s'est perdu au milieu des tribus autochtones, Chaouïya, Berbères, etc., Yasmina n'avait de l'Islam qu'une idée très vague. Elle savait – sans toutefois se rendre compte de ce que cela signifiait – qu'il y a un Dieu, seul, unique, éternel, qui a tout créé et qui est Rab-el-Alémine – Souverain des Univers – que Mohammed est son Prophète et que le Coran est l'expression écrite de la religion. Elle savait aussi réciter les deux ou trois courtes sourates du Coran qu'aucun Musulman n'ignore.

Yasmina ne connaissait d'autres Français que ceux qui gardaient les ruines et travaillaient aux fouilles, et elle savait bien tout ce que sa tribu avait eu à en souffrir. De là, elle concluait que tous les Roumis étaient les ennemis irréconciliables des Arabes. Jacques avait fait tout son possible pour lui expliquer qu'il y a des Français qui ne haïssent point les Musulmans… Mais en lui-même, il savait bien qu'il suffit de quelques fonctionnaires ignorants et brutaux pour rendre la France haïssable aux yeux de pauvres villageois illettrés et obscurs.

Yasmina entendait tous les Arabes des environs se plaindre d'avoir à payer des impôts écrasants, d'être terrorisés par l'administration militaire, d'être spoliés de leurs biens… Et elle en concluait que probablement ces Français bons et humains dont lui parlait Jacques ne venaient pas dans son pays, qu'ils restaient quelque part au loin.

Tout cela, dans sa pauvre intelligence inculte, dont les forces vives dormaient profondément, était très vague et ne la préoccupait d'ailleurs nullement.

Elle n'avait commencé à penser, très vaguement, que du jour où elle avait aimé.

Jadis, quand Jacques la quittait pour rentrer à Batna, elle restait songeuse. Qu'y faisait-il ? Où vivait-il ? Voyait-il d'autres femmes, des Roumia qui sortent sans voile et qui ont des robes de soie et des chapeaux comme celles qui venaient visiter les ruines ? Et une vague jalousie s'allumait alors dans son cœur.

Mais, depuis que Jacques était parti pour l'Oranie lointaine, Yasmina avait beaucoup souffert, et son intelligence commençait à s'affiner.

Parfois, dans sa solitude désolée, elle se mettait à chanter les complaintes qu'il avait aimées, et alors, elle pleurait, entrecoupant de sanglots déchirants les couplets mélancoliques, appelant son Mabrouck chéri par les plus doux noms qu'elle avait coutume de lui donner, le suppliant de revenir, comme s'il pouvait l'entendre.

Elle était illettrée, et Jacques ne pouvait lui écrire, car elle n'eût osé montrer à qui que ce soit les lettres de l'officier pour se les faire traduire.

Elle était donc restée sans nouvelles de lui.

Un dimanche, tandis qu'elle rêvait tristement, elle vit arriver du côté de Batna un cavalier indigène, monté sur un fougueux cheval gris. Le cavalier, qui portait la tenue des officiers indigènes de spahis, poussa son cheval dans le lit de l'oued. Il semblait chercher quelqu'un. Apercevant la petite fille, il l'interpella :

– N'es-tu point Smina bent Hadj Salem ?

– Qui es-tu, et comment me connais-tu ?

– Alors, c'est bien toi ! Moi, je suis Chérif ben Aly Chaâmbi, sous-lieutenant de spahis, et ami de Jacques. C'est bien toi qui étais sa maîtresse.

Épouvantée de voir son secret en possession d'un musulman, Yasmina voulut fuir. Mais l'officier la saisit par le poignet et la retint de force.

– Où vas-tu, fille de péché ? J'ai fait toute cette longue course pour voir ta figure et tu te sauves ? Elle faisait de vains efforts pour se dégager.

– Lâche-moi ! Lâche-moi ! Je ne connais personne, je n'étais la maîtresse de personne !

Chérif se mit à rire.

– Si, tu étais sa maîtresse, fille du péché ! Et je devrais te couper la tête pour cela, bien que Jacques soit un frère pour moi. Viens là-bas, au fond de l'oued. Personne ne doit nous voir. J'ai une lettre de Jacques pour toi et je vais te la lire.

Joyeusement, elle battit des mains.

Jacques lui faisait savoir qu'elle pouvait avoir toute confiance en Chérif, et que, s'il lui arrivait jamais malheur, elle devrait s'adresser à lui. Il lui disait qu'il ne pensait qu'à elle, qu'il lui était resté fidèle. Il terminait en lui jurant de toujours l'aimer, de ne jamais l'oublier et de revenir un jour la reprendre.

… Beaux serments, jeunes résolutions irrévocables, et que le temps efface et anéantit bien vite, comme tout le reste !…

Yasmina pria Chérif de répondre à Jacques qu'elle aussi l'aimait toujours, qu'elle lui resterait fidèle tant qu'elle vivrait, qu'elle restait son esclave soumise et aimante, et qu'elle aimerait être le sol sous ses pieds.

Chérif sourit.

– Si tu avais aimé un Musulman, dit-il, il t'aurait épousée selon la loi, et tu ne serais pas ici, à pleurer…

– Mektoub !

Et l'officier remonta sur son étalon gris et repartit au galop, soulevant un nuage de poussière.

Jacques craignait d'attirer l'attention des gens du douar et il différa longtemps l'envoi de sa seconde lettre à Yasmina… si longtemps que quand il voulut lui écrire, il apprit que Chérif était parti pour un poste du Sahara.

• • •

Peu à peu, après le grand désespoir de la première heure, la paix s'était faite dans le cœur de Jacques.

Dans le Ksar oranais où il vivait, il avait trouvé des camarades français très distingués, très lettrés, et dont l'un possédait une assez vaste bibliothèque. Jacques s'était mis à lire, à étudier des questions qui, jusque là, lui étaient demeurées absolument étrangères… De nouveaux horizons s'ouvrirent à son esprit…

Plus tard, il changea de poste. À Géryville, il fit la connaissance d'une jeune Espagnole, très belle, dont il devint amoureux…

Et ainsi, l'image charmante de Yasmina se recula dans ces lointains vagues du souvenir, où tout s'embrume et finit de sombrer dans les ténèbres de l'oubli définitif…

• • •

Mohammed Elaour vint enfin annoncer qu'il pouvait subvenir aux frais de la noce.

L'on fixa pour celle-ci une date très rapprochée.

Yasmina, passive, s'abandonnait à son sort…

Par instinct d'amoureuse passionnée, elle avait bien senti que Jacques l'avait oubliée, et tout lui était désormais devenu égal.

Cependant, une angoisse étreignait son cœur à la pensée de ce mariage, car elle connaissait trop bien les mœurs de son peuple pour ne pas prévoir la colère de son mari, quand il s'apercevrait qu'elle n'était plus intacte.

Elle était déjà certaine de devenir la femme du cahouadji borgne, quand, brusquement, survint une querelle d'intérêts entre Hadj Salem et Elaour.

Peu de jours après, Yasmina apprit qu'on allait la donner à un homme qu'elle n'avait entrevu qu'une fois, un spahi, Abd-el-Kader ben Smaïl, tout jeune et très beau, qui passait pour un audacieux, un indomptable, mal noté au service pour sa conduite, mais estimé de ses chefs pour son courage et son intelligence.

Il prit Yasmina par amour, l'ayant trouvée très belle, dans l'épanouissement de ses quinze ans… Il avait offert à Hadj Salem une rançon supérieure à celle que promettait Elaour. D'ailleurs, cela flattait l'amour-propre du vieillard de donner sa fille à ce garçon, issu d'une bonne famille de Guelma, quoique brouillé avec ses parents à la suite de son engagement.

Les fêtes de la noce durèrent trois jours, au douar d'abord, ensuite en ville.

Au douar, l'on avait tiré quelques coups de fusil, fait partir beaucoup de pétards, fait courir les faméliques chevaux, avec de grands cris qui enivraient hommes et bêtes.

À la ville, les femmes avaient dansé au son des benadir et de la r'aïta bédouines...

Yasmina, vêtue de plusieurs chemises en mousseline blanche à longues et larges manches pagode, d'un kaftan de velours bleu galonné d'or, d'une gandoura de soie rose, coiffée d'une petite chéchia pointue, cerise et verte, parée de bijoux d'or et d'argent, trônait sur l'unique chaise de la pièce, au milieu des femmes, tandis que les hommes s'amusaient dans la rue et sur les bancs du café maure d'en face.

Par les femmes, Yasmina avait appris le départ de Chérif Chaâmbi, et la dernière lueur d'espoir qu'elle avait encore conservée s'éteignit : elle ne saurait donc plus jamais rien de son Jacques.

Le soir, quand elle fut seule avec Abd-el-Kader, Yasmina n'osa point lever ses yeux sur ceux de son mari. Tremblante, elle songeait à sa colère imminente, et au scandale qui en résulterait s'il ne la tuait pas sur le coup.

Elle aimait toujours son Roumi, et la substitution du spahi à Elaour ne lui causait aucune joie... Au contraire, elle savait qu'Elaour passait pour très bon enfant, tandis qu'Abd-el-Kader avait la réputation d'un homme violent et terrible...

... Quand il apprit ce que Yasmina ne put lui cacher, Abd-el-Kader entra dans une colère d'autant plus terrible qu'il était très amoureux d'elle. Il commença par la battre cruellement, ensuite il exigea qu'elle lui livrât le nom de son amant.

– C'était un officier… un Musulman… il y a longtemps… et il est parti…

Épouvantée par les menaces de son mari, elle dit le nom du lieutenant Chaâmbi : puisqu'il n'y était plus, qu'importait ? Elle n'avait pas voulu avouer la vérité, dire qu'elle avait été la maîtresse d'un Roumi, ce qui eut encore aggravé sa faute aux yeux d'Abd-el-Kader…

Mais la passion du spahi avait été plus forte que sa colère… Après tout, le lieutenant n'avait certainement pas parlé, il était parti, et personne ne connaîtrait jamais ce secret.

Abd-el-Kader garda Yasmina, mais il devint la terreur du douar de Hadj Salem où il allait souvent réclamer de l'argent à ses beaux-parents qui le craignaient, regrettant déjà de n'avoir pas donné leur fille au tranquille Mohammed Elaour.

Yasmina, toujours triste et silencieuse, passait toutes ses journées à coudre de grossières chemises de toile que Doudja, la vieille tante du spahi, portait à un marchand M'zabi.

Il y avait encore, dans la maison, la sœur d'Abd-el-Kader, Béya, qui devait sous peu épouser l'un des camarades de son frère.

Quand le spahi n'était pas ivre, il rapportait à sa femme des cadeaux, des chiffons pour sa toilette, voire même des bijoux, des fruits et des gâteaux… Toute sa solde y passait. Mais d'autres fois, Abd-el-Kader rentrait ivre, et, alors, il battait sa femme sans rime ni raison.

Yasmina restait aussi indifférente aux caresses qu'aux coups, et gardait le silence. Seulement, elle étouffait entre les quatre murs blancs de la cour mauresque où elle était enfermée, et elle regrettait amèrement l'immensité libre de sa plaine natale, et les grandes ruines menaçantes, et son oued sauvage.

Abd-el-Kader voyait bien que sa femme ne l'aimait point, et cela l'exaspérait.

Alors, il se mettait à la battre férocement...

Mais, dès qu'il voyait qu'elle pleurait, il la prenait dans ses bras et la couvrait de baisers pour la consoler...

Et Yasmina, obstinément, continuait à aimer son Roumi, son Mabrouk... et sa pensée s'envolait sans cesse vers ce Sud-Oranais qu'elle ne connaissait point et où elle le croyait encore...

Elle se demandait avec angoisse si jamais son Mabrouk allait revenir et, dès que personne ne l'observait, elle se mettait à pleurer, longuement, silencieusement.

• • •

Jacques avait oublié depuis longtemps le rêve d'amour qu'il avait fait, à l'aube de sa vie, dans la plaine désolée de Timgad, et qui n'avait duré qu'un été.

• • •

À peine une année après son mariage, Abd-el-Kader se fit condamner à dix ans de travaux publics pour voies de fait envers un supérieur en dehors du service... Sa sœur avait suivi son mari dans le Sud, et la vieille tante était morte.

Yasmina resta seule et sans ressources.

Elle ne voulut point retourner dans sa tribu.

Elle avait gardé cet étrange caractère sombre et silencieux qui était devenu le sien depuis le départ de Jacques… Elle ne voulait pas qu'on la remariât encore, puisqu'elle était veuve… Elle voulait être libre pour attendre son Mabrouk.

Chez elle aussi, le temps eût dû adoucir la souffrance du cœur… mais elle n'avait rien trouvé, en échange de son amour, et elle continuait à aimer l'absent que, depuis longtemps, elle n'osait plus espérer revoir.

Quand les derniers sous que lui avait laissés Abd-el-Kader furent épuisés, Yasmina fit un paquet de ses hardes et rendit la clé au propriétaire de la maison.

À la tombée de la nuit, elle s'en alla vers le Village-Noir, distant de Batna d'à peine cinq cents mètres – un terrain vague où se trouve la mosquée.

Ce village est un amas confus de masures en bois ou en pisé, sales et délabrées, habitées par un peuple de prostituées, négresses, bédouines, mauresques, juives et maltaises, vivant là, entassées pêle-mêle avec toutes sortes d'individus plus ou moins suspects, souteneurs et repris de justice pour la plupart.

Il y a là des cafés maures où les femmes dansent et chantent, jusqu'à dix heures du soir, et où l'on fume le Kif, toute la nuit, portes closes. Tel est le lieu de divertissement des militaires de la garnison.

Yasmina, depuis qu'elle était restée seule, avait fait la connaissance d'une Mauresque qui vivait au Village-Noir, en compagnie d'une négresse de l'Oued Rir'.

Zohra et Samra étaient employées dans un beuglant tenu par un certain

Aly Frank qui se disait Musulman et Tunisien, mais le nom semblait indiquer une autre origine. C'était d'ailleurs un repris de justice surveillé par la police.

Les deux chanteuses avaient souvent conseillé à Yasmina de venir partager leur chambre, faisant miroiter à ses yeux les soi-disant avantages de leur condition.

Et, quand elle se sentit définitivement seule et abandonnée, Yasmina se rendit chez ses deux amies qui l'accueillirent avec joie.

Ce soir-là, Yasmina dût paraître au café et chanter.

C'était dans une longue salle basse et enfumée dont le sol, hanté par les scorpions, était en terre battue, et dont les murs blanchis à la chaux étaient couverts d'inscriptions et de dessins, la plupart d'une obscénité brutale, œuvre des clients. Le long des deux murs parallèles, des tables et des bancs étaient alignés, laissant au milieu un espace assez large. Au fond, une table de bois servait de comptoir. Derrière, il y avait une sorte d'estrade en terre battue, recouverte de vieilles nattes usées.

Les chanteuses étaient accroupies là. Il y en avait sept : Yasmina, ses deux amies, une Bédouine nommée Hafsia, une Bônoise Aïcha et deux Juives, Stitra et Rahil. La dernière, originaire du Kef, portait le costume des danseuses de Tunis, vêtues à la mode d'Égypte : large pantalon blanc, petite veste en soie de couleur et les cheveux flottants, noués seulement par un large ruban rouge. Elle était chaussée de petits souliers de satin blanc, sans quartier, à talons très hauts.

Toutes avaient des bijoux en or et de lourds anneaux passés dans les oreilles. Cependant, la Bédouine et la négresse portaient le costume saharien, une sorte d'ample voile bleu sombre, agrafé sur les épaules et formant tunique. Sur leur tête, elles portaient une coiffure compliquée, composée de grosses tresses en laine rouge tordues avec les cheveux sur les tempes, de mouchoirs superposés, de bijoux attachés par des chaînettes. Quand l'une d'elles se levait pour danser dans la salle, entre les spectateurs, les autres chantaient sur l'estrade, battant des mains et du tambour tandis qu'un jeune garçon jouait de la flûte arabe et qu'un juif grattait sur une espèce de mandoline…

Leurs chansons et les gestes de leur danse étaient d'une impudeur ardente qui enflammait peu à peu les spectateurs très nombreux ce soir-là.

Les plaisanteries et les compliments crus pleuvaient, en arabe, en français, plus ou moins mélangés de sabir.

– T'es tout d'même rien gironde, la môme ! dit un Joyeux, enfant de Belleville exilé en Afrique, qui semblait en admiration devant Yasmina, quand, à son tour, elle descendit dans la salle.

Sérieuse et triste comme toujours, enveloppée dans sa résignation et dans son rêve, elle dansait, pour ces hommes dont elle serait la proie dès la fermeture du bouge.

Un brigadier indigène de spahis, qui avait connu Abd-el-Kader ben Smaïl et qui avait vu Yasmina, la reconnut.

– Tiens ! dit-il. Voilà la femme d'Abd-el-Kader. L'homme aux Traves, la femme en boîte… ça roule, tout de même !

Et ce fut lui qui, ce soir-là, rejoignit Yasmina dans le réduit noir qui lui servait de chambre.

• • •

La pleine lune montait, là-bas, à l'Orient, derrière les dentelures assombries des montagnes de l'Aurès...

Une lueur bleuâtre glissait sur les murs et les arbres, jetant des ombres profondes dans tous les renfoncements et les recoins qui semblaient des abîmes.

Au milieu du terrain vague et aride qui touche d'un côté à la muraille grise de la ville et à la Porte de Lambèse, et de l'autre aux premières pentes de la montagne, la mosquée s'élevait solitaire... Sans style et sans grâce de jour, dans la lumière magique de la lune, elle apparaissait diaphane et presque translucide, baignée d'un rayonnement imprécis.

Du côté du Village-Noir, des sons assourdis de benadir et de gasba retentissaient... Devant le café d'Aly Frank, une femme était assise sur le banc de bois, les coudes aux genoux, la tête entre les mains. Elle guettait les passants mais avec un air d'indifférence profonde, presque de dégoût.

D'une maigreur extrême, les joues d'un rouge sombre, les yeux caves et étrangement étincelants, les lèvres amincies et douloureusement serrées, elle semblait vieillie de dix années, la charmante et fraîche petite Bédouine des ruines de Timgad...

Cependant, dans ce masque de douleur, presque d'agonie, déjà, l'existence qu'elle menait depuis trois années bientôt n'avait laissé qu'une ombre de tristesse plus profonde... Et, malgré tout, elle était belle encore, d'une beauté maladive et plus touchante...

Souvent, sa poitrine était douloureusement secouée par une toux prolongée et terrible qui teintait de rouge son mouchoir...

Le chagrin, l'alcool et les mille agents délétères au milieu desquels elle vivait, avaient eu raison de sa robuste santé de petite nomade habituée à l'air pur de la plaine.

...

Cinq années après le départ de Jacques pour Sud-Oranais, les fluctuations de la vie militaire l'avaient ramené à Batna.

Il y vint avec sa jeune femme, délicate et jolie Parisienne : ils s'étaient connus et aimés sur la Côte d'Azur, un printemps que Jacques, malade, était venu à Nice, en congé de convalescence.

Jacques s'était bien souvenu de ce qu'il appelait maintenant « son idylle bédouine » et en avait même parlé à sa femme… Mais tout cela était si loin et l'homme qu'il était devenu ressemblait si peu au jeune officier d'autrefois…

– J'étais alors un adolescent rêveur et enthousiaste. Si tu savais, ma chère, quelles idées ridicules étaient alors les miennes ! Dire que j'ai failli tout abandonner pour cette petite sauvagesse… Si je m'étais laissé aller à cette folie, que serait-il advenu de moi ? Dieu seul le sait !

Ah, comme il lui semblait ridicule, à présent, le petit lieutenant sincère et ardent des débuts !

Et il ne comprenait plus combien cette première forme de son moi conscient avait été meilleure et plus belle que la seconde, celle qu'il devait à l'esprit moderne vaniteux, égoïste et frondeur qui l'avait pénétré peu à peu.

Or, ce soir-là, comme il était sorti avec sa femme qui trouvait les quatre ou cinq rues rectilignes de la ville absolument dépourvues de charme, Jacques lui dit : – Viens, je vais te montrer l'Eden des troupiers… Et surtout, beaucoup d'indulgence, car le spectacle te semblera parfois d'un naturalisme plutôt cru.

En route, ils rencontrèrent l'un des camarades de Jacques, également accompagné de sa femme. L'idée d'aller au Village-Nègre leur plut, et ils se mirent en route. Soucieux, à juste raison, d'éclairer le chemin, Jacques avait un peu pris les devants, laissant sa femme au bras de son amie.

Mais, comme il passait devant le café d'Aly Frank, Yasmina bondit et s'écria :

– Mabrouk ! Mabrouk ! Toi !

Jacques avait, lui aussi, rien qu'à ce nom, reconnu Yasmina. Et un grand froid glacé avait envahi son cœur... Il ne trouvait pas un mot à lui dire, à celle que son retour réjouissait si follement.

Il se maudissait mentalement d'avoir eu la mauvaise idée d'amener là sa femme... Quel scandale ne ferait, en effet, pas cette créature perdue de débauche, quand elle saurait qu'elle n'avait plus rien à espérer de lui !

– Mabrouk ! Mabrouk ! Tu ne me reconnais donc plus ? Je suis ta Smina ! Regarde-moi donc, embrasse-moi ! Oh, je sais bien, j'ai changé... Mais cela passera, je guérirai pour toi, puisque tu es là !...

Il préféra en finir tout de suite, pour couper court à cette aventure désagréable. Maintenant, il possédait presque en perfection cette langue arabe dont elle lui avait appris, jadis, les premières syllabes, et lui dit :

– Écoute... Ne compte plus sur moi. Tout est fini entre nous. Je suis marié et j'aime ma femme. Laisse-moi et ne cherche plus à me revoir. Oublie-moi, cela vaudra mieux pour nous deux.

Les yeux grands ouverts, stupéfaite, elle le regardait... Alors, c'était donc vrai ! La dernière espérance qui la faisait vivre venait de s'éteindre.

Il l'avait oubliée, il était marié, et il aimait la Roumia, sa femme !... Et elle, elle qui l'avait adoré, il ne lui restait plus qu'à se coucher dans un coin et à y mourir comme un chien abandonné.

Dans son âme obscure, une révolte surgit contre l'injustice cruelle qui l'accablait.

Elle se redressa soudain, hardie, menaçante.

– Alors, pourquoi es-tu venu me chercher au fond de Youed, dans mon douar, où je vivais paisiblement avec mes chèvres et mes moutons ? Pourquoi m'y avoir poursuivie ? Pourquoi as-tu usé de toutes les ruses, de tous les sortilèges pour me séduire, m'entraîner, me prendre ma virginité ?

Pourquoi avoir répété traîtreusement avec moi les paroles qui font musulman celui qui les prononce ? Pourquoi m'avoir menti et promis de revenir un jour me reprendre pour toujours ? Oh ! j'ai toujours sur moi avec mes amulettes, la lettre que m'avait apportée le lieutenant Chaâmbi !... (Et elle tira de son sein une vieille enveloppe toute jaunie et déchirée qu'elle brandit comme une arme, comme un irréfutable témoignage...) Oui, pourquoi, Roumi, chien fils de chien, viens-tu encore à cette heure, avec ta femme trois fois maudite, me narguer jusque dans ce bouge où tu m'as jetée, en m'abandonnant pour que j'y meure ?

Des sanglots et une toux rauque et caverneuse l'interrompirent et elle jeta à la figure de Jacques son mouchoir ensanglanté.

– Tiens, chacal, bois mon sang ! Bois et sois content, assassin !

Jacques souffrait... Une honte et un regret lui étaient venus en face de tant de misère. Mais que pouvait-il faire, à présent ? Entre la nomade et lui, l'abîme s'était creusé, plus profond que jamais.

Pour le combler et, en même temps, pour se débarrasser à jamais de la malheureuse créature, il crut qu'il suffisait d'un peu d'or... Il tendit sa bourse à Yasmina... :

– Tiens, dit-il... Tu es pauvre et malade, il faut te soigner. Prends ce peu d'argent... et adieu.

Il balbutiait, honteux tout à coup de ce qu'il venait d'oser faire.

Yasmina, immobile, muette, le regarda pendant une minute, comme jadis, là-bas, dans l'oued desséché de Timgad, à l'heure déchirante des adieux. Puis, brusquement, elle le saisit au poignet, le tordant et dispersant dans la poussière les pièces jaunes.

– Chien ! lâche ! Kéfer !

Et Jacques, courbant la tête, s'en alla pour rejoindre le groupe qui attendait non loin de là, masqué par des masures...

Yasmina était alors retombée sur son banc, secouée par des sanglots convulsifs... Samra, la négresse, était accourue au bruit et avait soigneusement recueilli les pièces d'or de l'officier. Samra enlaça de ses bras noirs le cou de son amie.

– Smina, ma sœur, mon âme, ne pleure pas... Ils sont tous comme ça, les Roumis, les chiens fils de chiens... Mais avec l'argent qu'il t'a donné, nous achèterons des robes, des bijoux et des remèdes pour ta poitrine.

Seulement, il ne faut rien dire à Aly, qui nous prendrait l'argent.

Mais rien ne pouvait plus consoler Yasmina.

Elle avait cessé de pleurer et, sombre et muette, elle avait repris sa pose d'attente… Attente de qui, de quoi ?

Yasmina n'attendait plus que la mort, résignée déjà à son sort.

C'était écrit, et il n'y avait point à se lamenter. Il fallait attendre la fin, tout simplement… Tout venait de s'écrouler en elle et autour d'elle, et rien n'avait plus le pouvoir de toucher son cœur, de le réjouir ou de l'attrister.

Sa douleur était cependant infinie… Elle souffrait surtout de savoir Jacques vivant et si près d'elle… si près, et en même temps si loin, si loin !…

Oh ! comme elle eût préféré le savoir mort, et couché là-bas dans ce cimetière des Roumis, derrière la Porte de Constantine.

Elle eût pu – inconsciemment – revivre là les heures charmantes de jadis, les heures d'ivresse et d'amour vécues dans l'oued desséché.

Elle eût encore goûté là une joie douce et mélancolique, au lieu de ressentir les tourments effroyables de l'heure présente…

Et surtout, il n'eût point aimé une autre femme, une Roumia !

Elle sentait bien qu'elle en mourrait de douleur atroce : jusque là, seule l'espérance obstinée de revoir un jour Jacques, seule la volonté farouche de vivre encore pour le revoir lui avaient donné une force factice pour lutter contre la phtisie dévorante, rapide.

Maintenant, Yasmina n'était plus qu'une loque de chair abandonnée à la maladie et à la mort, sans résistance… D'un seul coup, le ressort de la vie s'était brisé en elle.

Mais aucune révolte ne subsistait plus en son âme déjà presque éteinte.

C'était écrit, et il n'est point de remède contre ce qui est écrit.

• • •

Vers onze heures, un spahi permissionnaire passa. Il s'étonna de la voir encore là, le dos appuyé contre le mur, les bras ballants, la tête retombant.

— Hé, Smina ! Que fais-tu là ? Je monte ?

Comme elle ne répondit pas, le beau soldat rouge revint sur ses pas.

— Hé bien, dit-il, surpris. À quoi penses-tu, ma fille... Ou bien tu es soûle ?

Il prit la main de Yasmina et se pencha sur elle...

Le Musulman se redressa aussitôt, un peu pâle.

— Il n'y a de force et de puissance qu'en Dieu ! dit-il.

Yasmina la Bédouine n'était plus.

Batna, Juillet 1899.
Mahmoud Saadi.

AU PAYS DES SABLES

Il est des heures à part, des instants très mystérieusement privilégiés où certaines contrées nous révèlent, en une intuition subite, leur âme, en quelque sorte leur essence propre, où nous en concevons une vision juste, unique et que des mois d'étude patiente ne sauraient plus ni compléter, ni même modifier. Cependant, en ces instants furtifs, les détails nous échappent nécessairement et nous ne saurions apercevoir que l'ensemble des choses… État particulier de notre âme, ou aspect spécial des lieux, saisi au passage et toujours inconsciemment ?

Je ne sais…

Ainsi, ma première arrivée à El Oued, il y a deux ans, fut pour moi une révélation complète, définitive de ce pays âpre et splendide qui est le Souf, de sa beauté particulière, de son immense tristesse aussi.

Après la sieste dans les jardins ombreux de l'oasis d'Ourmès, l'âme tout à l'attente anxieuse, irraisonnée d'une vision que je pressentais devoir dépasser en splendeur tout ce que j'avais vu jusqu'alors, – je repris avec mon petit convoi bédouin la route de l'est, sentier ardu qui tantôt serpente dans les défilés fuyants des dunes, tantôt grimpe sur les arêtes aiguës, à d'invraisemblables altitudes, hasardeusement.

Après avoir traversé, lentement et comme en rêve, les petites cités caduques enserrées autour d'El Oued : Kouïnine, Teksébett, Gara, nous atteignîmes la crête fuyante et oblique de la haute dune dite de Si Ammar ben Ahsène, du nom d'un mort qui y est enterré à la place où il fut tué jadis.

C'était l'heure élue, l'heure merveilleuse au pays d'Afrique, quand le grand soleil de feu va disparaître enfin, laissant reposer la terre dans l'ombre bleue de la nuit.

Du sommet de cette dune, on découvre toute la vallée d'El Oued, sur laquelle semblent se resserrer les vagues somnolentes du grand océan de sable gris.

Étagée sur le versant méridional d'une dune, El Oued, l'étrange cité aux innombrables petites coupoles rondes changeait lentement de teinte.

Au sommet de la colline, le minaret blanc de Sidi Salem s'élevait, déjà irisé, déjà tout rose dans le reflet occidental.

Les ombres des choses s'allongeaient démesurément, se déformaient et pâlissaient sur le sol, devenu d'une couleur indéfinissable…

La ville semblait morte et abandonnée. Pas un être vivant alentour, pas une voix.

Toutes les cités des pays de sable, bâties en plâtras léger, ont un aspect sauvage, délabré et croulant.

Et, tout près, des tombeaux et des tombeaux, toute une autre ville – celle des morts attenante à celle des vivants.

Les dunes allongées et basses de Sidi-Mestour qui dominent la ville vers le sud-est semblaient maintenant autant de coulées de métal incandescent, de foyers embrasés, d'un rouge violacé d'une invraisemblable intensité de couleur.

Sur les petits dômes ronds, sur les pans de murs en ruines, sur les tombeaux blancs, sur les couronnes échevelées des grands dattiers, des lueurs d'incendie rampaient, magnifiant la ville grise en un flamboiement d'apothéose.

Le dédale marin des dunes géantes de l'autre route déserte qui mène à Touggourt, d'où nous venons par Taïbett-Guéblia, se dessinait, irisé, noyé en des reflets d'une teinte de chamois argenté, sur la pourpre sombre du couchant.

Jamais, en aucune contrée de la terre, je n'avais vu le soir se parer d'aussi magiques splendeurs !

À El Oued, pas de forêt de dattiers obscurs enserrant la ville, comme dans les oasis des régions pierreuses ou salées…

La ville grise perdue dans le désert gris, participant tout entière de ses flamboiements et de ses pâleurs, comme lui et en lui, rose et dorée aux matins enchantés, blanche et aveuglante aux midis enflammés, pourpre et violette aux soirs irradiés… et grise, grise comme le sable dont elle est née, sous les ciels blafards de l'hiver !

Quelques vapeurs blanches qui flottaient, légères, dans l'embrasement du zénith profond, s'en allaient maintenant, pourpres et frangées d'or, vers d'autres horizons, – tels les lambeaux d'un impérial manteau disséminés au souffle capricieux de la brise…

Et toujours encore, pendant toutes ces métamorphoses, pendant toute cette grande féerie des choses, – pas un être, pas un son.

Les ruelles étroites aux maisons caduques s'ouvraient, désertes, sur l'immensité en feu des cimetières vagues, sans murs et sans limites.

Cependant, la teinte pourpre du ciel, qui semblait se refléter dans le chaos des dunes, devenait de plus en plus sombre, de plus en plus fantastique.

Le disque démesuré du soleil, rouge et sans rayons, achevait de sombrer derrière les dunes basses de l'horizon occidental, du côté d'Allennda et d'Araïr.

Tout à coup, de toutes les ruelles mortes, sortirent en silence de longues théories de femmes, voilées à l'antique de haillons sombres, bleus ou rouges, et portant, sur leur tête ou sur leur épaule, de grandes amphores frustes en terre cuite… avec le même geste sculptural que devaient avoir, des milliers d'années auparavant, les femmes de la race prédestinée de

Sem, quand elles allaient puiser l'eau des fontaines chananéennes.

Dans l'océan illimité de lumière rouge inondant la ville et les cimetières, elles ressemblaient à des fantômes glissant au ras du sol, les femmes drapées d'étoffes sombres, aux plis helléniques, qui s'en allaient en silence vers les jardins profonds, cachés en les dunes de feu.

Très loin, une petite flûte en roseau commença de pleurer une tristesse infinie et cette plainte ténue, modulée, traînante à la fois et entrecoupée comme un sanglot, était le seul son qui animait un peu cette cité de rêve.

Mais voilà que le soleil a disparu et, presque aussitôt, lentement, le flamboiement des dunes et des coupoles commence à se foncer jusqu'au violet marin, et ces ombres profondes, qui semblent sortir de la terre assombrie, remontent, rampent, éteignent progressivement les lueurs qui allument encore les sommets.

La petite flûte enchantée s'est tue…

Soudain, de toutes les mosquées nombreuses, une autre voix s'élève, solennelle et lente :

– Allahou Akbar ! Allahou Akbar ! Dieu est le plus grand ! clame le mueddine aux quatre vents du ciel.

Oh, comme ils sonnent étrangement, ces appels millénaires de l'Islam, comme déformés et assombris par les voix plus sauvages et plus rauques, par l'accent traînant des mueddines du désert !

De toutes les dunes, de tous les vallons cachés, qui semblaient déserts, tout un peuple uniformément vêtu de blanc, descend, silencieux et grave, vers les zaouïyas et les mosquées.

Ici, loin des grandes villes du Tell, point de ces êtres hideux, produits bâtards de la dégénérescence et d'une race métissée, qui sont les rôdeurs, les marchands ambulants, les portefaix, le peuple crasseux et ignoble des Ouled-el-Blassa.

Ici, le Sahara âpre et silencieux, avec sa mélancolie éternelle, ses épouvantes et ses enchantements, a conservé jalousement la race rêveuse et fanatique venue jadis des déserts lointains de sa patrie asiatique.

Et ils sont très grands et très beaux ainsi, les nomades aux vêtements et aux attitudes bibliques, qui s'en vont prier le Dieu unique, et dont aucun doute n'effleura jamais les âmes saines et frustes.

Et ils sont bien à leur place là, dans la grandeur vide de leur horizon illimité où règne et vit, splendide, la souveraine lumière…

Sur le minaret blanc de Sidi Salem, sur la crête des dunes de Tréfaouï, d'Allennda et de Débila, les dernières lueurs violettes se sont éteintes. Maintenant, tout est uniformément bleu, presque diaphane, et les coupoles arrondies et basses se confondent avec les sommets arrondis des dunes, de proche en proche, comme si la ville s'était étendue soudain jusqu'aux confins extrêmes de l'horizon.

La nuit d'été achève de tomber, sur la terre qui s'endort… Les femmes au costume de jadis sont rentrées dans les ruelles en ruines, et le grand silence lourd, que quelques rumeurs humaines étaient venues troubler pour un très court instant, descend de nouveau sur El Oued…

Le Sahara immense semble reprendre son rêve mélancolique, son rêve éternel.

Deux années plus tard, il m'a été donné, pendant des mois, d'assister chaque jour aux joies douces des aurores et aux apothéoses des soirs, jamais semblables… Chaque reflet revenant tous les soirs sur tel pan de mur, chaque ombre s'allongeant au même endroit et à la même heure, chaque dôme de la ville et chaque pierre des cimetières, tous les plus humbles détails de cette patrie d'élection, aimée profondément, me sont devenus familiers et restent maintenant présents à mon souvenir nostalgique d'exilé.

Mais jamais plus, l'âme du Pays du Sable ne s'est révélée à moi aussi profondément, aussi mystérieusement comme ce premier soir déjà lointain dans le recul des jours.

De telles heures, de telles ivresses, ressenties une fois, par un hasard unique, ne se retrouveront jamais…

DOCTORAT

Genève, Avril 189….

Aujourd'hui, la soirée était tiède et de longs nuages blancs flottaient au-dessus des dentelures encore neigeuses du Jura. Il y avait pourtant dans l'air une grande langueur, une paix d'attente, avant la grande poussée de vie de mai.

Je sais bien qu'en passant les heures indéfiniment prolongées assise à ma fenêtre, à contempler, à travers le paysage familier de cette banlieue mélancolique, ma propre tristesse, je perds les fruits du labeur acharné, presque sincère de tout le semestre d'hiver… Mais, l'ennui du présent et sa monotonie m'accablent, et, comme toujours, je me plonge dans la vie contemplative.

… Tandis que je réfléchissais à toutes les inutilités morales s'accumulant de plus en plus autour de moi, on frappa.

C'était une jeune fille inconnue, petite et frêle, avec un pâle visage triste encadré de cheveux bruns et bouclés, coupés d'assez près.

Elle m'aborda en russe, avec un sourire doux :

– Je viens de la part du Comité de secours des étudiants russes. Je viens d'arriver de Russie pour terminer mes études médicales et suis sans aucunes ressources. On m'a dit que, comme secrétaire du Comité, vous pourriez vous occuper de me trouver un logement.

Dans ce petit monde très à part des étudiants russes, épris du rêve socialiste, ou de celui, plus vaste, de l'anarchie, il est une grande sincérité de convictions : le devoir social de l'aide mutuelle est envisagé franchement et comme une nécessité absolue de la vie. La fausse et inique honte du pauvre est anéantie, remplacée par le sentiment du droit absolu à la vie.

Chouchina m'adressa donc sa demande sans gêne ni réticences, simplement.

Je lui offris une chambrette attenante à la mienne et elle y restera jusqu'à la fin de ses études.

Elle est Sibérienne, fille de petits bourgeois d'Yénisseisk. Son but est de passer au plus vite son doctorat et de retourner là-bas, secourir ses frères, dont elle parle avec attendrissement.

Elle se reconnaît un très humble, un très obscur soldat de la grande armée des précurseurs. Ce rôle la fait vivre et elle est heureuse.

Ah, ce bonheur des fanatiques qui passent leur existence dans un rêve d'absolu !

Dans l'univers, Chouchina ne voit que l'homme – la bête aussi, au second plan. Il y a tout un monde de sensations – les plus subtiles – qu'elle n'a jamais abordé et qui lui est indifférent.

Comme caractère, beaucoup de sérieux, de modestie et de douceur. En résumé, charmante petite camarade avec laquelle je ne serai jamais en conflit.

...

3 Mai.
Chouchina est d'une discrétion, d'un tact parfait dans la vie commune. Elle respecte mes rêveries, supporte mes trop fréquentes sautes d'humeur qu'elle accueille en souriant, tâchant de m'adoucir les heures noires d'angoisse provenant tellement de causes diverses et ténues qu'elle semble ne pas en avoir du tout... ces heures lourdes que je traverse depuis quelque temps.

Sous notre familiarité discrète de langage, il n'y en a pas d'esprit, car nous sommes très différentes, mais Chouchina est l'une des rares natures dont la présence autour de moi ne m'irrite ni ne m'ennuie. Mon attachement pour elle est basé, certes, sur un sentiment très égoïste de bien-être personnel... Mais le sait-elle seulement ?

... Pour elle, cette médecine que nous étudions ensemble n'est ni un métier, ni un art : c'est un sacerdoce. Par elle, Chouchina servira l'humanité. Parfois, elle s'étonne de me voir sourire de ses théories, quand elle sait que toute souffrance m'affecte profondément, quand elle voit que je souffre plus intensément qu'elle-même, peut-être, de voir souffrir.

... Elle est très frêle. Il semblerait que le moindre souffle devrait faire vaciller la petite flamme vive de son existence... Et cependant, elle est d'une activité menue et silencieuse de fourmi, d'un dévouement perpétuel et patient. Elle sembla aussi inaccessible au découragement qu'à l'enthousiasme.

...

Juillet.

Chouchina m'inquiète. Sa santé est bien plus chancelante que je ne le croyais. Elle a depuis quelques jours des faiblesses. Son sommeil est troublé et elle se réveille baignée de sueur froide. Elle tousse…

Et, parfois, depuis que, plus attentivement, je l'observe, je surprends dans le regard jadis si calme de ses grands yeux gris lilas, une expression de crainte, presque d'angoisse. Mais elle ne se plaint pas, elle se soigne consciencieusement, et continue son travail obstiné : en octobre, elle doit passer son doctorat.

À l'inquiétude réelle que j'éprouve, je vois que, peu à peu, inconsciemment, je me suis attachée à ce petit être qui tient si peu de place et qui, sous des dehors de faiblesse et d'effacement, est vaillant et bon.

Je lui ai parlé de sa santé. Alors, avec un sourire très calme, elle m'a répondu :

– Mais oui : je suis phtisique… il y a longtemps. Quand j'étais infirmière au dépôt de Tioumène, où passent les émigrants russes s'en allant en Sibérie, j'ai ressenti les premiers symptômes. Seulement, depuis lors, je m'observe, et je me soigne. Je voudrais passer mon doctorat avec succès et, après, avoir quelques années devant moi pour travailler.

À ces derniers mots, une ombre grise passa dans son regard… Elle ne veut pas approfondir cette question. Elle ne veut pas laisser son angoisse se formuler… Elle en a peur.

Il y a une douloureuse incompatibilité entre les exigences contraires de son état de santé, car elle traverse une crise dangereuse, et celles aussi tyranniques du travail assidu et complexe qui lui incombe.

Et moi, admirant ce courage tranquille et ce vouloir de vivre et d'être utile, je ne puis rien pour elle, car elle n'a besoin ni d'encouragement, ni de consolations.

Elle ne veut pas consulter un médecin, disant qu'elle sait très bien ce qu'elle a et ce qu'elle doit faire... Et là encore, je devine une secrète faiblesse : n'a-t-elle pas peur d'entendre un autre dire tout haut, avec des mots d'une désespérante netteté, ce qu'elle pense ?

•••

Octobre.
Pendant ces trois mois qui viennent de s'écouler, son état a été stationnaire. Par des prodiges de soins et surtout d'énergie, malgré le prorata très restreint de nos ressources – une brouille passagère avec ma famille me laisse sans subsides pour le moment – Chouchina s'est maintenue sur pieds, et à l'œuvre. Seulement, l'inquiétude de son regard s'accentuait souvent et semblait presque de l'épouvante.

Cependant, la sérénité de son caractère ne diminuait point, ni son assiduité au travail.

Visiblement, elle maigrissait. La petite toux brève et sèche était devenue presque continuelle.

Il y a peu de jours, elle se décida à consulter notre amie Marie Edouardowna, doctoresse experte et bienveillante...

– Soignez-vous bien. Pas de coups de froid. Mangez beaucoup et prenez des fortifiants. Prenez aussi de la créosote.

À moi, Marie Edouardowna dit avec une gravité attristée :

– La fin est très proche. Cette fille a une force de volonté peu commune et c'est ce qui enraye un peu les progrès du mal. Elle mourra presque à la peine. C'est navrant, cette mort juste au moment où elle touche à la fin de son dur labeur, où elle croit pouvoir commencer le vrai travail, celui qui était le but de sa vie !

– Croyez-vous qu'elle le passera, son doctorat ?

Marie Edouardowna hocha la tête dubitativement.

Quand je rejoignis Chouchina, elle était assise sur son lit, inactive par extraordinaire, m'attendant. Je fus frappé du regard anxieux, interrogateur, presque sévère qu'elle darda sur moi, me révélant la lutte atroce qui s'était engagée en elle entre la certitude dictée par son intelligence lucide, savoir et le vouloir de vivre, obstiné, et l'espérance vivace.

J'eus de la peine à dominer l'émotion qui m'envahit sous ce regard et à lui dire :

– Marie Edouardowna vous trouve affaiblie. Mais, pour le moment, il n'y a d'après elle aucun danger, si vous ne perdez pas courage et si vous vous soignez bien.

Pour la première fois devant moi, Chouchina eut un mouvement de révolte à la fois et de faiblesse.

Elle joignit convulsivement les mains :

– Oh, encore, encore quelques années ! Tant de travail, tant d'efforts… Elle se tut, et, après un long silence, elle se leva, souriante de nouveau.

– Je suis de garde cette nuit à la Maternité pour un accouchement qui s'annonce mal. Ne vous inquiétez pas.

– Mais faites-vous donc remplacer ! J'irai, si vous voulez.

– Oh, non. Vous savez que je prépare ma thèse et je ne veux pas perdre des observations déjà assez rares sans cela.

Depuis lors, elle dure, toujours semblable, quoique d'heure en heure plus faible… Et je sens que le vide qu'elle laissera auprès de moi sera profond… bien plus profond que je ne l'aurais supposé avant la certitude de sa mort prochaine.

. . .

Mardi, 28 Octobre.
Chouchina est morte vendredi à la nuit.

Elle est restée alitée huit jours. Le vendredi, très faible, oppressée et toussant beaucoup, elle avait voulu assister à un cours qui l'intéressait. Elle rentra assez tard et me dit : – Je suis bien lasse. Je vais me coucher. Demain, je vais commencer à récapituler tout ce dont j'aurai besoin pour l'examen… Plus que huit jours !

Je lisais.

Tout à coup, j'entendis un râle étouffé dans la chambre de Chouchina dont la porte restait entr'ouverte.

J'entrai.

Assise sur le lit, les mains crispées sur la couverture, les yeux brillants, elle regardait dans le vague. Elle me vit.

– Quand ?… Quand ?… Quelle date avons-nous ?

Je fus effrayée du changement de sa voix, saccadée et fébrile.

– C'est le six, aujourd'hui. Mais pourquoi ? Couchez-vous, il fait si froid !

Mais son agitation croissait.

– Le six ! Le six ! Mais il n'y a plus que huit jours… et je n'ai rien fait, rien fait…

Elle avait le délire. Brusquement, elle retomba sur son oreiller, les yeux clos, tranquille… Profitant de cette accalmie, je montai chercher un camarade interne à l'hôpital Cantonal, et nous passâmes la nuit au chevet de Chouchina, tantôt agitée, tantôt plongée en un marasme qui nous effrayait.

Elle ne reprit plus connaissance que pour de courts instants, redevenant tout de suite la proie des hallucinations sombres qui crispaient d'effroi les muscles de son visage décoloré, tout semblable à une fleur fanée, et qui voilaient le regard plus bleu, plus immatériel.

Toutes les fois qu'elle sortait de ce cauchemar pesant, elle manifestait une croissante angoisse, réclamant désespérément les journaux du jour, pour voir la date, démêlant, à travers le brouillard qui troublait déjà son intelligence, notre supercherie.

– Mon Dieu ! Mais vous me dites des mensonges ! Voilà deux jours que vous me dites que nous sommes le sept !… Oh, donnez-moi les journaux ! Ne me faites pas manquer mes examens…

Une fois qu'elle était plus calme, elle prit la main de l'interne Vlassof, et lui dit d'un ton suppliant, avec un regard d'une tristesse infinie :

– Vlassof ! Cher ami… Dites-moi la vérité ! Vous savez que je ne vivrai plus longtemps… Il ne faut pas me faire manquer cette cession… L'autre est si loin. Prévenez-moi la veille, et je serai sur pied, je vous assure…

La volonté de durer, de parfaire son œuvre était si forte en elle qu'elle s'illusionnait sur son état, croyant en la toute-puissance de la volonté.

Mais ces accalmies étaient brèves, et le sombre délire de la fin la reprenait presque aussitôt.

Elle craignait surtout la solitude. Elle voulait être veillée, comme si elle eût redouté l'apparition d'un fantôme déjà entrevu, mais que notre présence éloignait…

Parfois, elle croyait être aux examens et, dans le silence des nuits angoissées, elle répétait des formules, s'efforçait de les expliquer, de tirer une à une, péniblement, ses idées du grand vague, où son esprit flottait déjà.

Chose étrange, pas un seul instant, elle ne perdit la notion très nette de la nécessité de se soigner et elle se laissait faire avec une soumission absolue.

Le dernier jour, elle fut plus calme, silencieuse, son regard déjà atone et indifférent flottait au loin. Sans nous voir, elle fixait ses yeux sur nous, et semblait regarder à travers nos corps, très loin.

Son corps décharné, son visage devenu anguleux paraissaient à peine dans les draps blancs du grand vieux lit à deux places, sur l'oreiller où sa tête légère faisait une presque imperceptible dépression.

Marie Edouardowna nous dit :

– Il ne faut pas la quitter. C'est tout à fait la fin.

Et Vlassof et moi, nous demeurions là, assis près d'elle, silencieux comme ceux qui veillent les morts.

La journée fut longue dans cette attente d'une chose redoutée, inexorable.

Depuis plusieurs jours, Chouchina n'avait plus parlé des examens, ni demandé les dates des jours qui s'écoulaient.

C'était le jour des examens, et nous nous réjouissions de cet oubli où Chouchina semblait être plongée.

Vers cinq heures, tandis que le crépuscule froid d'automne assombrissait la chambre, Chouchina commença à parler. Ce fut d'abord un murmure inintelligible, entrecoupé. Puis, rapprochés, attentifs, nous entendîmes : – Dimanche, c'était, c'était le huit… le huit… oui. Lundi ? lundi, le neuf… Avec une lucidité surprenante, malgré nos supercheries, elle se souvint des jours et des dates… Plus elle approchait de cette date fatale du quinze, et plus son agitation grandissait…

Tout à coup, elle se souleva, s'assit, étendant les bras devant elle… Ses yeux étaient grands ouverts, ses joues colorées, ses lèvres sèches tremblaient.

– Mais alors… alors… C'est le quinze, aujourd'hui… le jour des examens. Et c'est le soir… Et vous ne me l'avez pas dit… Méchants, oh méchants… Mais je vais leur dire… Je vais… Donnez-moi mes vêtements…

Elle rejeta les couvertures et voulut se lever. Mais elle retomba sur le lit, d'une pâleur livide, les yeux clos.

Un hoquet bref et fréquent la secoua tout entière.

– Elle meurt... dit Vlassof penché sur elle.

Puis, Chouchina se calma. Elle rouvrit les yeux... nous regarda et, pour la première fois depuis qu'elle était alitée, son regard fut, comme jadis, pleinement conscient et profond... d'une profondeur d'abîme.

Elle nous sourit, doucement, tristement.

– Voilà... c'est fini... Et moi qui aurais tant voulu vivre... travailler... C'est fini...

Après un long silence, elle ajouta, avec une ironie d'une amertume affreuse :

– Le doctorat est passé maintenant...

Puis, sa main blanche, allongée, sa petite main de morte se tendit vers les livres que, sur ses instances, nous avions dû laisser près de son lit... Elle prit un mince traité et, d'un grand effort, l'attira sur sa poitrine... Elle ferma les yeux et garda le silence, serrant le livre comme une chose chère, contre sa poitrine oppressée.

Lentement, deux larmes, lourdes, des larmes d'enfant, coulèrent de dessous ses paupières closes, sur ses joues creuses... son visage exprimait une désolation sans bornes, mais sans révolte, douce et résignée...

Son corps se tendit un peu, ses mains se crispèrent sur le livre, puis devinrent inertes. Ses yeux s'ouvrirent à demi vides...

Un grand silence régna dans la chambre étroite où, silencieusement, Vlassof pleurait, dans la lueur rose de la lampe à abat-jour...

Dans la rue, des étudiants allemands passèrent en chantant un air alerte, fêtant leurs probables succès aux examens…

PAYS OUBLIÉ

De tous les pays de l'Europe, le plus ignoré est certes la grande île Sarde, oubliée entre ses voisines la Corse et la Sicile qui ont inspiré des pages subtiles et enthousiastes aux artistes de la plume et de la palette.

Et c'est bien grâce à cet oubli, parce que personne n'a songé à la « mettre à la mode », que la Sardaigne a gardé son aspect âpre et suranné, ses vieilles coutumes médiévales et le charme tout africain de certaines d'entre ses cités croulantes…

Il est à souhaiter que, longtemps encore, elle reste dans l'ombre et l'oubli, car les coins de recueillement et de silence sont d'autant plus précieux qu'ils se font plus rares.

Cagliari, la capitale, toute dorée sur son rocher blanc, où des coulées de terre rouge jettent comme des taches de sang, ravinée, chaotique, domine sa grande baie bleue.

Tout en haut, au sommet de la colline ardue, la vieille ville, le Castello féodal reste séparé des quartiers inférieurs par ses remparts à tours carrées, brûlés par le soleil à travers les siècles morts.

Pour entrer dans le Castello depuis le Corso Vittorio Emanuele, on passe sous une haute voûte noire de vétusté, où gîtent les chauves-souris, dans le fouillis grisâtre des toiles d'araignées. À l'entrée de la voûte, très haut, la vieille herse de fer est encore suspendue, rouillée et immobilisée pour toujours.

Les rues montent, le pavé de cailloux pointus, avec, pour les piétons, des sentiers étroits, en dalles polies par l'usure, glissantes… Mais jamais aucune voiture ne passe dans ces voies silencieuses, et de l'herbe menue, étiolée, pousse entre les cailloux gris. Plus haut, ce sont des escaliers raides, passant sous des voûtes sombres jusqu'à la Piacetta Martyri d'Italia et la Porta Principe Amedeo.

Le Castello se compose de plusieurs petites terrasses superposées, dont l'une est transformée en une large et belle esplanade entourée d'un parapet et plantée de pins pignons, d'où la vue s'étend, incomparable, sur la campagne cagliaritaine et sur la mer.

Vers l'est, un jardin luxuriant est disposé sur une bande étroite de terre, entre la falaise rougeâtre qui supporte les casernes et la prison actuelle, – et les quartiers maritimes, tout en bas. De là, on domine une vallée boisée où sont les faubourgs et le Campo santo, sorte de carrière encastrée dans le flanc d'une colline rougeâtre au sommet de laquelle est une ruine géante... à l'horizon oriental, des montagnes couvertes de pinèdes bordent la vallée.

Au nord, faisant face à la ville, sur une autre colline le vieux Castello San Mighele, abandonné et croulant au milieu d'une forêt de pins.

De ce côté, la campagne vallonnée est toute semée de ruines, de petits murs en argile et de haies de figuiers de Barbarie parmi les oliviers comme un coin de la campagne âpre d'Afrique...

En passant dans les vicoli sombres du Castello, on aperçoit parfois par un entre-bâillement de porte, lourde et bardée de fer, des escaliers en faïence, des cours intérieures dallées de blanc où murmurent des fontaines enguirlandées de lierres et de vignes.

Les portes des églises sont perpétuellement béantes, dans ce pays resté catholique jusqu'au fanatisme, où tout le monde est croyant. Dans leur ombre humide, les cierges allument des lueurs fantastiques sur le luxe lourd et barbare des châsses, des ex-voto, de toutes ces dorures éteintes.

Sous les voûtes du Castello, il est des antres innommables, noirs et puants, des caves profondes où se terrent une pouillerie, une truanderie affreuses, des familles entières, entassées, malingres, tremblantes d'anémie et de fièvre, comme des plantes poussées dans les souterrains. Jamais un rayon de soleil n'y glisse, dans cette obscurité délétère où tant d'êtres végètent dans la pourriture et l'infection. De là sortent des femmes en haillons, hâves, maigres, sans âge, des hommes à l'air de bandits et une tourbe d'enfants à peine vêtus, chétifs et mal venus qui s'attachent obstinément, désespérément au pas des passants pour mendier.

Coiffes de nonnes, robes de bure et cagoules de moines errent dans ce labyrinthe comme des apparitions. Une odeur âcre d'humidité, de salpêtre et d'antiquité règne là… et aussi un silence de mort, aussitôt que les bambini sont loin.

Décidément la pouillerie italienne n'a pas la grandeur résignée de celle des pays d'Islam, assainie et éclairée par le grand soleil purificateur !

Là-bas, le mendiant se drape dans les loques terreuses de son burnous avec la majesté d'un prince déchu, et mendie au nom de Dieu, mais ne supplie jamais.

Ici, il est humble, avili, craintif, s'abaissant devant le riche et l'étranger, obséquieux jusqu'à perdre toute dignité humaine.

À la nuit tombante, il est certains quartiers où les gouges affreuses, sous leurs loques immondes, sortent de leurs caveaux pour attendre les matelots et les soldats en des attitudes veules et bestiales.

Cependant, le vrai type Sarde est beau, surtout à la campagne, chez les paysans et les pêcheurs. Les hommes, vigoureux et bronzés, sont grands et d'air farouche. Leur type a quelque chose à la fois du Grec et de l'Arabe. Les femmes, indolentes et presque aussi cloîtrées qu'en Orient, ont conservé le type des conquérants Maures : l'ovale régulier du visage et les grands yeux lourds.

Le costume du paysan sarde est resté presque maure : un bonnet rouge, retombant en serre-tête pointu sur l'épaule, une veste courte à manches fendues par-dessus le gilet, ornée de passementerie et de deux rangées de petits boutons ronds en soie. La culotte est cependant étroite relativement, jusqu'aux guêtres, mais les Sardes mettent la chemise blanche, ronde, par-dessus les chausses blanches aussi.

Chose étrange : les femmes de Cagliari n'ont pas conservé de costume national et portent la jupe et le caraco disgracieux des Italiennes, avec, sur leurs cheveux noirs, un mouchoir clair pour les jeunes et noir pour les vieilles.

Ici, aucune classe de femmes ne correspond au demi-monde : la courtisane appartient à la plus sordide misère, n'y arrive d'ailleurs qu'après bien des vicissitudes. Les quelques jeunes femmes un peu jolies, un peu fraîches que l'on peut voir sur la Via Roma ou sur le Corso, le soir, sont Italiennes.

La majorité des Cagliaritaines du peuple vont pieds nus. Pourtant, nulle part ailleurs, je n'ai vu autant d'échoppes de cordonniers. Pour qui travaillent donc tous ces Calzolaï qui eux-mêmes, souvent, n'ont point de chaussures aux pieds ?

Ici, les lamentations éternelles des Italiens du peuple sur leur misère, la cherté de la vie, les impôts onéreux forment le fond de toutes les conversations, dans les trattorie et les botigliere.

Des hommes vigoureux et jeunes, couchés toute la journée sur les bancs des jardins ou sur les remparts, vous disent : « Il n'y a pas de travail… D'ailleurs, ce serait una vergogna per me, si je me mettais à travailler. Je suis noble, c'est impossible. »

De quoi vivent tous ces nobles, tous ces signori et ces cavalieri loqueteux, Dieu seul le sait ! Mais la paresse du Sarde méridional est aussi invincible que celle du Napolitain et, malgré leurs doléances perpétuelles, je suis convaincu qu'ils sont heureux, un peu à la façon des lézards d'émeraude qui s'étalent sur les vieux murs du Castello, au soleil de midi.

Ici, la vie familiale chez les nobles et les bourgeois est aussi austère et presque aussi fermée que dans les classes élevées de la société musulmane. Les femmes sortent peu, rarement seules, et sont surveillées farouchement.

Mais, à la brune, l'on peut voir presque sous tous les balcons peu nombreux, sous toutes les fenêtres, des jeunes hommes d'allures mystérieuses, rasant les murs et passant des heures, les yeux levés vers les donne dissimulées derrière les rideaux à peine écartés et derrière les grillages épais, et échangeant avec elles des déclarations brûlantes – par gestes.

C'est ce qu'on appelle là-bas far' l'amore… Les sérénades sont aussi dans les mœurs et, souvent, l'on voit un jeune homme, accompagné de ses amis, jouer de la mandoline ou de la guitare, et chanter sous les fenêtres de sa belle invisible.

Les chants de la Sardaigne sont tristes, et les airs en ont une monotonie douce, susurrante, tout arabe… De loin, les premiers temps, il m'est arrivé de me demander si ce n'étaient pas réellement des airs de la patrie africaine qui montaient vers moi, dans la nuit…

Les paysans de la montagne et les pêcheurs, comme les chameliers bédouins, improvisent en errant dans leurs sombres forêts de pins, ou sur la grève.

...

… La douleur et la tristesse qui s'exhalent par des chants cessent d'être lugubres. En haut, sur l'esplanade du Castello, un coucher de soleil.

Penchée sur le parapet de pierre d'une terrasse haute, une jeune fille semble rêver, dans l'incendie rouge du soir. Elle porte une robe légère de mousseline bleu pâle. Une mantille de dentelle blanche adoucit l'éclat de ses cheveux noirs, de ses yeux d'ombre. Elle a l'air candide et mélancolique…

En bas, appuyé contre le tronc d'un pin, un jeune carabinier semble, lui aussi, être venu là uniquement pour contempler la féerie du jour finissant. Très bien sous son uniforme sombre, sous le tricorne noir à pompon rouge, drapé dans son vaste manteau noir, il semble ne sourire qu'aux horizons lointains où flottent les lueurs roses du couchant.

Mais, à chaque instant, un geste à peine perceptible de sa main gantée envoie sa pensée vers la jeune fille, et l'éventail en plumes d'autruche blanches de celle-ci répond, frémissant.

Avec leurs airs distraits, pensifs, muets, ils font l'amour…

… Dans une découpure basse de la côte de San Bartholomeo, on a creusé des canaux et on a inondé des lagunes salées. Sur les chemins de ronde élevés, des sentinelles impassibles vont et viennent, baïonnette au canon. En bas, sur les chalands lourds, sur les sentiers de halage, des théories d'hommes vêtus de gris et coiffés de petites calottes rouges, au crâne et au visage rasés, peinent sous le soleil ardent, silencieux et mornes comme de tristes bêtes de somme.

Ce sont les galeotti, les forçats.

Pour être admis à travailler ainsi au grand air, il faut avoir tenu une conduite exemplaire pendant sept années, dans l'abrutissement et le silence de tombeau du carcere duro.

Et tous, ils ont la même expression d'indifférence bestiale sur des faces d'une sénilité prématurée, simiesques sinistrement.

L'appareil lugubre de la guillotine sanglante dans la clarté fuligineuse d'une aube mortuaire est moins inhumainement affreux, moins injuste, surtout, que le spectacle d'un bagne, le plus hideux qui soit.

La mort grandit, ennoblit tout ce qu'elle touche, car elle est l'absolution suprême... Mais cette géhenne où le corps seul survit, où l'âme est détruite, sciemment, férocement, cet enfer-là n'a pas de nom et pas d'excuse.

Quand les galeotti arrivent d'Italie, dans la cale des vaisseaux, une embarcation se détache du quai de Cagliari et va les prendre presque au large, montée par des carabinieri qui, sous leur uniforme noir, semblent venir là pour un enterrement... Et on les emmène, attachés le long d'une chaîne, les poignets serrés affreusement entre deux barres de fer à vis. Sous leur bras, ils portent leur maigre baluchon : quelques hardes sordides, quelques pauvres souvenirs du monde des vivants, peut-être pour se le rappeler, après, dans la cita dolente, pendant les années longues...

Vers l'ouest, la colline de Cagliari se termine brusquement par des fondrières profondes, par des falaises escarpées. Dans les rochers éboulés, retenus par de petites murailles frêles, des jardins s'enchevêtrent de pieds de vigne ; bien africains encore avec leurs haies de figuiers de Barbarie, leurs agaves aux hampes géantes poussées dans les rochers, leurs figuiers et le velours sombre, moucheté d'argent, des oliviers.

Plus loin, dans une plaine immense et désolée, tout un dédale de canaux et de fossés relie les lagunes salées, immobiles comme les chotts du désert, d'une teinte plombée, où se reflète le ciel pur, donnant à l'eau morte l'apparence illusoire de profondeurs d'abîme.

Sous le soleil d'été, tout cela reluit, scintille, comme des fragments de miroir disséminés dans la plaine rougeâtre.

• • •

… Le chemin de fer sarde est encore plus désespérément lent que ceux d'Afrique : le train rapide, le reale, met une journée et demie pour traverser l'île dans sa longueur, de Cagliari à Porto-Torrès.

Depuis la capitale, après avoir longé les lagunes, la voie s'élève sensiblement jusqu'à Macomer, petit bourg d'aspect mélancolique, dans un décor sévère de montagnes et de pinèdes.

On traverse d'étranges contrées : des halliers enchevêtrés, des bois de pins perchés sur le flanc abrupt des montagnes déchiquetées, des ravins sauvages où coulent des ruisseaux paisibles qui se transforment tout à coup en cascades mugissantes… Çà et là, de petits villages terreux, surmontés d'un campanile frêle, portant des noms de saints : San Giovanni, Sant'Anna, Santa Magdalena…

Le pays de Macomer est semé de grosses pierres de forme cubique, qui semblent taillées de main d'homme : on dirait les décombres de quelque gigantesque cité morte.

Sassari, la rivale immémoriale de Cagliari, vieille république aux mœurs rudes et commerçantes, disputa toujours à Cagliari féodale l'hégémonie dans l'île.

Sassari est une ville plate, plus neuve et plus riante, mais sans le grand charme suranné de Cagliari.

Elle est située sur un plateau fertile et vaste, légèrement incliné. Les habitants sont des artisans et des cultivateurs, âpres au gain, et non plus des rêveurs et des fainéants.

Les femmes sassaraises portent un superbe costume ancien : courte jupe rayée de rouge dans le bas, tablier brodé, larges manches bouffantes blanches, recouvertes d'autres, en soie rouge, fendues sur le côté et nouées aux coudes par des flots de rubans d'où pendent des boules d'or ou de cuivre poli… Sur leurs beaux cheveux coiffés en bandeaux, elles portent un mouchoir clair, noué ou empesé, en petit toit conique.

Elles n'ont pas la grâce timide et l'indolence des Cagliaritaines. Elles sont alertes et gaies, portant fièrement leur tête fine et expressive.

Entre Cagliaritains et Sassarais (on dit Cagliaritano et Sassarese) la haine est irréconciliable, éternelle.

– Che volete ? Quest'huomu e un'facchinu frustu, una bruta, bestia di Sassarese, dit le Cagliaritain.

– Et le Sassarais de répondre : – E un'lazzarone che viva della carita'christiana* !

Le méridional reproche à l'homme du nord son manque d'usage, sa rudesse républicaine… Le marchand et le laboureur reprochent à l'homme d'indolence et de rêve sa fainéantise… Il n'est qu'une seule chose sur laquelle tous les Sardes s'entendent : c'est leur haine et leur mépris de l'Italien, du continentale envahisseur. Ils regrettent leur indépendance. Continentale est presque une injure dans la bouche du Sarde. Interrogé sur sa nationalité, il répond fièrement : Som'Sardo !

Le brigandage n'existe plus à l'état permanent en Sardaigne, mais les montagnes jouissent d'une réputation d'insécurité.

La mémoire des Cagliaritains est encore pleine des exploits des écumeurs de montagnes et même de ceux des corsaires de jadis. Au fond de leur âme violente et sombre les marchesi et les conti ruinés, qui perpétuent les vieux usages de la féodalité disparue, dans leurs palazzi lézardés et noirs, regrettent le temps des aïeux, quand le plus audacieux, le plus hardi devenait le maître incontesté de la cité.

La conservation farouche des usages de jadis est la préoccupation constante des Sardes, surtout dans le midi, et sur la plupart des tombeaux du Campo santo de Cagliari, on peut lire : Le défunt se distingua toujours par ses vertus civiques et familiales, et par son attachement aux vieilles coutumes de la patrie.

• • •

Dans la plaine, sur la route du Campo Santo, à Cagliari encore, il est une ruine, dans une vallée rougeâtre. Contre une muraille croulante et basse, trois dattiers ont poussé, dont l'un est incliné mélancoliquement.

Cet endroit, avec pour arrière-plan, la cité dorée sous la patine du temps, sur ses rochers blancs et rouges, semble un coin de quelque paysage barbaresque, transporté là, sous le ciel plus doux d'Italie.

• • •

Mon séjour à Cagliari fut de courte durée, en des ambiances vulgaires et inintelligentes. Il ne me fut point donné de vivre, comme je l'ai fait ailleurs, de la vie du peuple sarde, et les impressions que j'ai rapportées de là-bas sont fugitives et même un peu vagues…

J'ai quitté Cagliari au commencement du printemps, après un mois d'un hiver qui ressemblait aux étés du nord de la France… Elle m'a laissé une dernière vision d'elle auréolée d'une lumière déjà plus blonde et plus éclatante, qui avait fait éclore les bourgeons de tous les arbres, les enveloppant comme d'une brume légère, d'un vert tendre. Les amandiers jonchaient le sol de leurs pétales neigeux. Les pommiers s'étaient couverts de fleurs candides, avec, au fond de chaque calice, une goutte de sang carminé… Dans la montagne et dans la vallée, entre les tombeaux et dans les ruines, des iris violets et de blanches asphodèles se hâtaient de pousser avant les ardeurs proches de l'été.

La tiédeur enivrante des nuits parfumées multipliait les amoureux muets dans les rues obscures, sous les voûtes noires, et l'Éternel Amour, qui est de tous les pays et de tous les siècles, emplissait la vieille cité morte d'une ivresse intense et féconde, créatrice de l'indestructible Vie.

AMARA
LE FORÇAT

Un peu par nécessité, un peu par goût, j'étudiais alors les mœurs des populations maritimes des ports du Midi et de l'Algérie.

Un jour, je m'embarquai à bord du Félix-Touache, en partance pour Philippeville.

Humble passager du pont, vêtu de toile bleue et coiffé d'une casquette, je n'attirais l'attention de personne. Mes compagnons de voyage, sans méfiance, ne changeaient rien à leur manière d'être ordinaire.

C'est une grave erreur, en effet, que de croire que l'on peut faire des études de mœurs populaires sans se mêler aux milieux que l'on étudie, sans vivre de leur vie…

C'était par une claire après-midi de mai, ce départ, joyeux pour moi, comme tous les départs pour la terre aimée d'Afrique.

On terminait le chargement du Touache et, une fois de plus, j'assistai au grand va-et-vient des heures d'embarquement.

Sur le pont, quelques passagers attendaient déjà le départ, ceux qui, comme moi, n'avaient point d'adieux à faire, point de parents à embrasser...

Quelques soldats, en groupe, indifférents... Un jeune caporal de zouaves, ivre-mort, qui, aussitôt embarqué, était tombé de tout son long sur les planches humides et qui restait là, sans mouvement, comme sans vie...

À l'écart, assis sur des cordages, je remarquais un tout jeune homme qui attira mon attention par l'étrangeté de toute sa personne.

Très maigre, au visage bronzé, imberbe, aux traits anguleux, il portait un pantalon de toile trop court, des espadrilles, une sorte de gilet de chasse rayé s'ouvrant sur sa poitrine osseuse, et un mauvais chapeau de paille. Ses yeux caves, d'une teinte fauve changeante, avaient un regard étrange : un mélange de crainte et de méfiance farouche s'y lisait.

M'ayant entendu parler arabe avec un maquignon bônois, l'homme au chapeau de paille, après de longues hésitations, vint s'asseoir à côté de moi.

– D'où viens-tu ? me dit-il, avec un accent qui ne me laissa plus aucun doute sur ses origines.

Je lui racontai une histoire quelconque, lui disant que je revenais d'avoir travaillé en France.

– Loue Dieu, si tu as travaillé en liberté et non en prison, me dit-il.

– Et toi, tu sors de prison ?

– Oui. J'ai fait huit ans à Chiavari, en Corse.

– Et qu'avais-tu fait ?

– J'ai tué une créature, au pays, entre Sétif et Bou-Arréridj.

– Mais quel âge as-tu donc ?

– Vingt-six ans… Je suis libéré conditionnel de trois mois… C'est beaucoup, trois mois.

Pendant le restant de la traversée, nous n'eûmes plus le loisir de parler, le forçat de Chiavari et moi.

… La mer démontée s'était un peu calmée. La nuit tombait et à l'approche de la côte d'Afrique, l'air était devenu plus doux… Une tiédeur enivrante flottait dans la pénombre du crépuscule…

À l'horizon méridional, une bande un peu plus sombre et un monde de vapeurs troubles indiquaient la terre.

Bientôt, quand il fut nuit tout à fait, les feux de Stora apparurent.

Le forçat, appuyé contre le bastingage, regardait fixement ces lumières encore lointaines et ses mains se crispaient sur le bois glissant.

– C'est bien Philippeville, là-bas ? me demanda-t-il à plusieurs reprises, la voix tremblante d'émotion…

… Dans le port désert, près du quai, où quelques portefaix dormaient sur les dalles, après le débarquement, le Félix-Touache immobile semblait, lui aussi, dormir, dans la lumière vaguement rosée de la lune décroissante.

Il faisait tiède. Un parfum indéfinissable venait de terre, grisant.

Oh, ces heures joyeuses, ces heures enivrantes des retours en Afrique, après les exils lointains et mornes !

J'avais résolu d'attendre à bord le lever du jour, pour poursuivre mon voyage sur Constantine, où je devais, pour la forme, assister au jugement de l'homme qui, six mois auparavant, avait tenté de m'assassiner, là-bas, dans le Souf lointain.

… Et j'avais étendu mes couvertures sur le pont, à bâbord, du côté de l'eau qui bruissait à peine.

Je m'étais étendue, en un bien-être profond, presque voluptueux. Mais le sommeil ne venait pas.

Le libéré conditionnel qui, lui aussi, passait la nuit à bord, vint me rejoindre. Il s'assit près de moi.

– Dieu te garde et te protège de la prison, toi et tous les musulmans, me dit-il, après un long silence.

– Raconte-moi ton histoire.

– Dieu soit loué, car je pensais que je mourrais là-bas… Il y a un cimetière où l'on met les nôtres et plusieurs qui sont venus devant moi y sont morts… Ils n'ont pas même un tombeau en terre musulmane.

– Mais comment, si jeune, as-tu pu tuer, et pourquoi ?

— Écoute, dit-il. Tu as été élevé dans les villes, et tu ne sais pas… Moi, je suis du douar des Ouled-Ali, dépendant de Sétif. Nous sommes tous bergers, chez nous. Nous avons beaucoup de troupeaux, et aussi des chevaux. À part ça, nous avons des champs que nous ensemençons d'orge et de blé. Mon père est vieux et je suis son fils unique. Parmi notre troupeau, il y avait une belle jument grise, qui n'avait pas encore les dents de la quatrième année. Mon père me disait toujours : « Amara, cette jument est pour toi. » Je l'avais appelée « Mabrouka », et je la montais souvent. Elle était rapide comme le vent, et méchante comme une panthère. Quand on la montait, elle bondissait et hennissait entraînant tous les étalons du pays. Un jour, ma jument disparut. Je la cherchai pendant une semaine et je finis par apprendre que c'était un berger des Ouled-Hassène, nos voisins du nord, qui me l'avait prise. Je me plaignis à notre Cheikh et je lui portai en présent un mézouïd de beurre pour qu'il me fasse justice.

Apprenant que les gens du mahzen allaient venir chercher la jument, Ahmed, le voleur, ne pouvant la vendre, car elle était connue, la mena dans un ravin et l'égorgea. Quand j'appris la mort de ma jument, je pleurai. Puis, je jurai de me venger.

Une nuit obscure, je quittai furtivement notre douar, et j'allai chez les Ouled-Hassène. Le gourbi d'Ahmed mon ennemi était un peu isolé, et entouré d'une petite clôture en épines. J'attendis le lever de la lune, puis, je m'avançai. Pour apaiser les chiens, j'avais apporté les entrailles d'un mouton qu'on avait tué dans la journée. À la lueur de la lune, j'aperçus Ahmed, couché devant son gourbi, pour garder ses moutons. Son fusil était posé sous sa tête. Son sommeil était profond. Je ceignis ma gandoura de mon mouchoir, pour n'accrocher à rien. J'entrai dans l'enclos. Mes jambes étaient faibles et une chaleur terrible brûlait mon corps. J'hésitais, songeant au danger… Mais c'était écrit, et les chiens, repus, grondèrent. Alors, je saisis le fusil d'Ahmed, le retirai brusquement de dessous sa tête et le lui déchargeai à bout portant dans la poitrine. Puis, je m'enfuis. Les hommes et les chiens du douar me poursuivirent, mais ne m'atteignirent pas. Alors, je commis une faute : personne ne m'avait vu et j'eusse dû rentrer chez mon père. Mais la crainte de la justice des chrétiens me fit fuir dans le maquis, sur les coteaux. Pendant trois jours et trois nuits, je me cachai dans les ravins, me nourrissant de figues de Barbarie. J'avais peur. La nuit, je n'osais dormir. Le moindre bruit, le souffle du vent dans les buissons me faisaient trembler. Le troisième jour, les gendarmes m'arrêtèrent. L'histoire de la jument et mon départ avaient tout révélé et, malgré que je n'aie jamais avoué, je fus condamné.

Les juges m'ont fait grâce de la vie, parce que j'étais jeune. Pendant trois mois, je suis resté dans les prisons à Sétif, à Constantine, ici à Philippeville. Puis, on m'a embarqué sur un navire, et on m'a mené en Corse. Au pénitencier où nous étions presque tous musulmans, on n'est pas trop malheureux, avec l'aide de Dieu et si on se conduit bien. Mais c'est toujours la prison, et loin de la famille, en pays infidèle. Grâce à Dieu, on m'a libéré.

C'est beaucoup, trois mois !

– Tu regrettes, maintenant, d'avoir tué cet homme ?

– Pourquoi ? J'étais dans mon droit, puisqu'il m'avait tué ma jument, à moi qui ne lui avais jamais fait de mal ! Seulement, je n'aurais pas dû m'enfuir.

– Alors, ton cœur ne se repent pas de ce que tu as fait, Amara ?

– Si je l'avais tué sans raison, ce serait un grand péché.

Et je vis que, sincèrement, le Bédouin ne concevait pas, malgré toutes les souffrances endurées jusque-là, que son acte avait été un crime.

– Que feras-tu, maintenant ?

— Je resterai chez mon père et je travaillerai. Je ferai paître notre troupeau. Mais si jamais, la nuit, dans le maquis, je rencontre l'un de ceux des Ouled-Ali qui m'ont fait prendre, je le tuerai.

À tous mes raisonnements, Amara répondait : « Je n'étais pas leur ennemi. Ce sont eux qui ont semé l'inimitié. Celui qui sème des épines ne peut récolter une moisson de blé. »

Le matin, dans le train de Constantine.

Les prunelles élargies par la joie et une sorte d'étonnement, Amara regardait le pays qui défilait lentement sous nos yeux.

— Regarde, me dit-il tout à coup, regarde : voilà du blé… Et ça, là-bas, c'est un champ d'orge… Oh, regarde, frère, les femmes musulmanes qui ramassent les pierres dans ce champ !

Il était en proie à une émotion intense. Ses membres tremblaient et, à la vue de ces céréales si aimées, si vénérées par le Bédouin, et de ces femmes de sa race, Amara se mit à pleurer, comme un enfant.

— Vis en paix comme tes ancêtres, lui dis-je. Tu auras la paix du cœur. Laisse les vengeances à Dieu.

— Si l'on ne peut se venger, on étouffe, on souffre. Il faut que je me venge de ceux qui m'ont fait tant de mal !

… À la gare de Constantine nous nous séparâmes en frères. Amara prit le chemin de Sétif pour regagner son douar.

Je ne l'ai plus revu.

L'ANARCHISTE

Le père, Tereneti Antonoff, persécuté en Russie pour ses convictions libertaires, sur le point d'être exilé, avait fui en Algérie, cherchant une terre neuve, une patrie d'élection où, sous un ciel clément, les hommes seraient moins encroûtés de routine.

Presque riche encore, il avait fondé une ferme dans un coin riant du Tell, et là, entre ses champs et ses livres, avait poursuivi son rêve d'humanité meilleure. Cependant, il avait rencontré là des colons européens le même accueil hostile et, peu à peu, il avait dû se retirer, se replier sur lui-même.

L'esprit de son fils unique, Andreï, déjà grand, avait, de cette brusque transplantation, subi une perturbation profonde. Tout le vague, tout l'attirant mystère des horizons de feu étaient entrés, grisants, en son âme prédestinée d'homme du Nord.

Vivant à l'écart, ce n'étaient point les hommes, c'était la terre d'Afrique elle-même qui l'avait troublé, profondément.

– Tu es un poète de la nature, lui disait son père avec un sourire d'indulgence, comme j'ai été celui de l'humanité… Nous nous complétons.

Mais Andreï s'accommodait difficilement de la vie cloîtrée qui suffisait à la lassitude de vivre du vieillard. La hantise de l'inconnu, la nostalgie d'un ailleurs où il se fût senti vivre harmoniquement, sans aspirations jamais assouvies, l'étreignaient.

Parfois, des mois entiers durant, il n'ouvrait plus un livre, passant ses jours à errer dans les douars bédouins, à s'asseoir avec les primitifs et les infirmes, qui lui rappelaient les moujiks de son pays, ceux que son père lui avait appris à aimer et à comprendre.

Le vieux philosophe ne condamnait pas ces erreurs, cette vie nomade dont il comprenait le charme et la salutaire influence, pour les avoir ressentis jadis.

– Tu as raison, va-t'en aérer ton esprit… Va manger le pain noir et participer à la misère et à l'obscurité fraternellement… Ça te fera du bien…

Et peu à peu, Andreï se laissa prendre pour jamais par la terre âpre et par la vie bédouine. Son esprit s'alanguit, tout en restant subtil et curieux. Sa hâte de vivre se ralentit et il escompta avec dédain la vanité de tout effort violent, de toute activité dévorante.

Quand, ayant opté pour la nationalité française, il entra aux chasseurs d'Afrique et fut envoyé dans un poste optique du Sud, son ennui et son dégoût d'être soldat firent place à la joie du voyage et de la révélation brusque, flamboyante du Sud.

Les splendeurs plus douces de la lumière tellienne lui semblèrent pâles, là-bas, au pays du silence et de l'aveuglant soleil.

Un bordj surmonté d'une haute tour carrée, sur une colline nue, au milieu d'un désert d'une aridité effrayante…

Pas une plante, pas un arbre faisant tache sur la terre ocreuse, tourmentée, calcinée… Et, tous les jours, inexorablement, le même soleil dévorateur, arrachant à la terre sa dernière humidité, lui interdisant, jaloux, de vivre en dehors de ses jeux à lui, capricieux, aux heures d'opale du matin et de pourpre dorée du soir.

Là, Andreï comprit le culte des humanités ancestrales pour les grands luminaires célestes, pour le feu tout-puissant, générateur et tueur.

Ce bordj, sur la porte duquel les Joyeux ironiques avaient inscrit le surnom de « Eden Purée », Andreï l'aima.

Entouré de quelques camarades avides de retour et que, seule, l'absinthe consolait d'être là, Andreï s'était isolé, pour mieux goûter le processus de transformation heureuse qu'il sentait sourdre des profondeurs de son être.

L'inquiétude, la souffrance indéfinissable qui l'avaient torturé pendant les années de son adolescence faisaient peu à peu place à une mélancolie calme, douce, à un rêve continu.

Il ne lisait plus, se contentant de vivre… Il n'abandonnait pas sa résolution de devenir un jour le poète de la terre aimée, de refléter avec son âme plus sensitive de septentrional la tristesse, l'âpreté et la splendeur de l'Afrique.

Mais il se sentait incomplet encore, et voulait son œuvre parfaite… Et il regardait, avec des yeux d'amoureux, lentement, laissant les impressions s'accumuler tout naturellement, par petites couches ténues.

Et l'instinct inassouvi d'aimer voilait d'une tristesse non sans charme cette existence toute de silence et de rêverie.

Andreï avait fini son année de service, et il retourna, plein de la nostalgie du Sud, auprès de son père, juste à temps pour le voir tomber malade et mourir.

– Reste toujours sincère envers toi-même… Ne te plie pas à l'hypocrisie des conventions, continue à vivre parmi les pauvres et à les aimer.

Tel fut le testament moral que, dans une heure de lucidité que lui laissa la fièvre, lui laissa son père.

L'immense douleur de cette perte assombrit pour longtemps l'horizon souriant de la vie d'Andreï. Le vieil homme souriant et doux, le modeste savant ignoré qui lui avait appris à aimer ce qui était beau, à être pitoyable et fraternel à toute souffrance, l'éducateur qui avait veillé jalousement à ce qu'aucune souillure n'effleurât l'âme de l'enfant et de l'adolescent, qui n'avait point permis que l'hypocrisie sociale imprimât son sceau déprimant sur son cœur, Térenti n'était plus... Et Andreï se sentit tout seul et tout meurtri, au milieu des hommes qu'il sentait hostiles ou indifférents.

Mais l'obligation où il se trouva de mettre en ordre les affaires de son père fut pour lui une diversion salutaire.

Puis, se posa ce problème troublant : que deviendrait-il ? Alors, Andreï se souvint de sa vie dans le Sud, et il la regretta. Et il songea : – Pourquoi ne pas retourner là-bas, libre, pour toujours ?

Il vendit la ferme, transporta les livres de son père chez une vieille amie, réfugiée polonaise exerçant l'humble profession de sage-femme à Oran, et, toutes dettes payées, il eut quelques dizaines de mille francs pour réaliser son projet.

Il retourna s'agenouiller pieusement sur la tombe sans croix du vieux philosophe, dans un petit cimetière, sur une petite colline dominant la baie de Mostaganem...

Et il partit.

Andreï songea qu'il suffisait de posséder le don précieux de tristesse pour être heureux...

Il était venu s'installer là, dans l'ombre chaude des dattiers de Tamerna Djedida, dans le lit salé de l'oued Rir' souterrain.

Il avait acheté quelques palmiers, une source salpêtrée qui vivifiait de ses ruisselets clairs le jardin et une petite maison cubique en toub rougeâtre.

Le bureau arabe dont dépend l'oasis avait bien cherché, par haine de l'élément civil, surtout indépendant, à détourner Andreï de son projet. On avait usé envers lui de tous les procédés, de la persuasion rusée, de l'intimidation. Il s'était heurté à la morgue, à la suffisance des galonnés improvisés administrateurs, mais sa calme résolution avait vaincu leur résistance.

Il savait cependant que le climat de cette région est meurtrier, que la fièvre y règne et y tue même les indigènes. Mais n'avait-il pas séjourné de longs mois dans le bas de cette vallée de l'oued Rir', près de son embouchure, dans le chott Mel'riri ? Il n'avait jamais été malade et il résisterait…

Il aimait ce pays mystérieux, hallucinant, où toute la chimie cachée de la matière s'étalait à fleur de terre, où l'eau iodée et salée dessinait de capricieuses arabesques blanches sur les herbes frêles des séguia murmurantes, ou teintait en rouge de rouille le bas des petits murs en toub qui faisait des jardins un vrai labyrinthe obscur.

Partout, l'eau suintait, creusait des trous, des étangs profonds, à la surface immobile et attirante, où se reflétaient les frondaisons graciles des palmiers, les feuilles charnues des figuiers, et les pommes rouges des grenades…

Puis, tout à coup, sans transition, le désert s'ouvrait, plat, immense, d'une blancheur aveuglante. Le sol spongieux se recouvrait d'une mince couche de sel, avec de larges lèpres d'humidité brune.

Tout cela flambait, scintillait à l'infini, avec, très loin à l'horizon, de minces taches noires qui étaient d'autres oasis.

Et, à midi en été, le mirage se jouait là, dans la plaine morte, d'où la bénédiction de Dieu s'était retirée…

En hiver, les chotts et les sebkhas s'emplissaient d'une eau claire, azurée ou laiteuse, et les aspérités du sol formaient dans ces mers perfides des archipels multicolores…

Vêtu comme les indigènes, Andreï vivait de leur vie, accepté d'eux et bientôt aimé, car il était sociable et doux, et les guérissait presque toujours, quand, malades, ils venaient lui demander conseil.

– Il deviendra Musulman, disaient-ils, l'ayant entendu répéter souvent que Mohamed était un prophète, comme Jésus et comme Moïse, venus tous pour indiquer aux hommes des voies meilleures.

Les habitants de Tamerna étaient des Rouara de race noire saharienne, une peuplade taciturne, d'aspect sombre et de piété ardente, mêlée de croyances fétichistes aux amulettes et aux morts.

La magie menaçante, le silence du désert contrastant avec le mystère et le murmure vivant des jardins inondés, avaient imprimé leur sceau sur l'esprit des habitants et assombrissaient chez eux la simplicité de l'Islam monothéiste.

Grands et maigres sous leurs vêtements flottants, encapuchonnés, portant au cou de longs chapelets de bois jaune, les Rouara se glissaient comme des fantômes dans l'enchevêtrement de leurs jardins.

Pour préserver les dattes de sortilèges, ils attachaient des os fétiches aux régimes mûrissants. Ils ornaient de grimaçantes figures les corniches et les coupoles ovoïdes de leurs Koubba et de leurs mosquées pétries en toub. Aux coins de leurs maisons semblables à des ruches, ils piquaient des cornes noires de gazelles ou de chèvres… La nuit du jeudi au vendredi, nuit fatidique, ils allumaient de petites lampes à huile près des tombeaux disséminés dans la campagne.

Ils subissaient la hantise de l'au-delà, des choses de la nuit et de la mort.

Andreï ouvrait largement son âme à toutes les croyances, n'en choisissant aucune, et ces superstitions naïves ne le révoltaient point car, après tout, il y discernait ce besoin de communier avec l'inconnu que lui-même ressentait.

Les femmes au teint obscur étaient belles, les métis surtout, sous le costume compliqué des Sahariennes qui leur donne l'air d'idoles anciennes. Drapées de voiles rouges ou bleus, chargées d'or et d'argent avec une coiffure large faite de tresses relevées au long des joues, recouvrant les oreilles de lourds anneaux, elles s'enveloppaient pour sortir d'une étoffe bleue sombre qui éteignait l'éclat des bijoux.

Leur charme étrange, le mystère de leur regard attirait Andreï.

Voluptueux, mais recherchant les voluptés grisantes illuminées de la divine lueur de l'illusion d'aimer, sans brutalité d'appétits, Andreï n'avait jamais trouvé qu'une saveur très médiocre aux assouvissements dépouillés de tout nimbe de rêve. Ce qui l'en éloignait surtout c'étaient leur banalité et la rancœur de l'inévitable et immédiat réveil.

Et il aimait à voir passer, dans l'incendie, du soir, les jeunes filles porteuses d'amphores, s'en allant en longues théories au pas rythmé vers les fontaines d'eau plus douce, aux confins du désert où le soleil mourant allongeait leurs ombres sur le sol brûlé.

… La vie d'Andreï s'écoulait en une quiétude heureuse, monotone et sans ennui.

Il se levait à l'heure légère de l'aube pour goûter la vivifiante fraîcheur de la brise discrète qui feuilletait les palmes et les végétations aromatiques des jardins.

Sur son cheval qu'il aimait de sa tendresse apitoyée pour les animaux résignés et confiants, il s'en allait dans le désert, poussant parfois vers les oasis voisines, nombreuses dans la vallée, parées à cette heure première de lueurs d'or et de carmin.

Le grand espace libre le grisait, l'air vierge dilatait sa poitrine et une grande joie inconsciente rajeunissait son être, dissipant les longueurs de la nuit chaude, succédant à l'embrasement du jour.

Puis, il rentrait et errait dans les jardins, regardant les fellah bronzés remuer la boue rouge des cultures, enlever les dépôts salés obstruant les seguia.

C'était l'été, et les palmeraies lui apparaissaient dans toute leur splendeur. Sous le dôme puissant des palmes, les régimes de dattes pendaient, gonflés de sève, richement colorés selon les espèces… Les uns, verts encore avec une poussière argentée veloutant les fruits, les autres, jaune paille, jaune d'or, oranges, roses, rouge vif ou pourprés, en une gamme chaude de tons mats ou luisants.

En bas, les grenadiers jetaient la pourpre sanglante de leurs fleurs de charnelle beauté sous l'ombre des figuiers un peu dépaysés, redevenus buissons, et des pampres grêles, enchevêtrant les troncs élancés, les colonnades sveltes et fières du temple d'ombre verte.

Longuement, Andreï se penchait sur le ruissellement de l'eau jaillissant des dessous mystérieux du fleuve invisible.

Puis, il rentrait dans la fraîcheur de sa chambre fruste et s'étendait sur son lit en roseaux, pour s'abandonner à la mortelle et ensorcelante langueur de la sieste.

Quand l'ombre des dattiers s'allongeait sur la terre excédée, Hadj Hafaïdh, le serviteur d'Andreï, le réveillait doucement, le conviant à la volupté du bain.

Parfois, repris de la nostalgie du travail, Andreï écrivait et de temps en temps, à de longs intervalles, il rappelait son souvenir aux chercheurs de littérature subtile par des contes du pays de rêve où il mettait un peu de son âme et de sa vie.

Sur la route de Touggourt, non loin des grands cimetières enclôturés, deux femmes vivaient, la vieille, Mahennia et sa fille Saadia, que son mari avait répudiée, parce qu'on disait dans le pays qu'elle et sa mère étaient sorcières.

Elles vivaient pauvrement du gain de la vieille, sage-femme et herboriste, rebouteuse habile.

On les respectait dans le pays et on les craignait, à cause des bruits qui avaient couru sur leurs sortilèges et de l'inexplicable mort du mari de Saadia peu après son divorce.

De race métis presque arabe, les deux femmes se souvenaient de leurs origines sémites et s'en faisaient gloire.

Saadia était belle et son visage ovale, d'une couleur ombrée et chaude, était tout empreint de la tristesse grave des yeux.

Elle vivait modestement, chez sa mère, et, malgré sa beauté, les Rouara superstitieux la fuyaient.

Andreï, au cours de ses promenades solitaires, la vit plusieurs fois et la vieille inquiète du succès du Roumi comme guérisseur, tint à ne pas s'attirer son hostilité. Elle lui offrit le café de l'hospitalité et ne lui cacha pas sa fille.

Saadia fut attentive à le servir, et silencieuse.

Andreï savait les bruits mystérieux qui couraient sur ces femmes et l'étrangeté de leur existence l'avait attiré et charmé.

La beauté de Saadia et sa tristesse furent pour lui une délicieuse trouvaille et il revint désormais souvent chez la vieille.

Il désira Saadia et ne se défendit pas contre son désir.

Ne serait-ce pas un embellissement de sa vie trop solitaire que l'amour de cette fille de mystère, et une fusion plus entière de son âme avec celle de la terre élue, par l'entremise d'une créature de la race autochtone ?

Voluptueusement, Andreï s'abandonna à la brûlure enivrante de son désir. Saadia, impénétrable, ne trahissait sa pensée que par le regard plus lourd par lequel elle achevait d'étreindre cet homme blond, aux yeux gris, au visage de douceur et de rêve.

Toute la révolte de sa jeunesse solitaire, tout son besoin d'être aimée, de ne pas rester comme une fleur épanouie dans le désert muet, Saadia les reporta sur ce seul homme qui ne la fuyait pas.

Moins timide, bientôt, elle lui parla, lui cita les noms des herbes séchées qui pendaient en gerbes sous le toit de leur maison, et leurs vertus ou leurs poisons.

– Ça, c'est le nanâ odorant, dont le jus guérit les douleurs du ventre, et ça c'est le chih gris dont la fumée arrête la toux... Sa voix de poitrine, vibrante, parfois saccadée, avait un accent étrange pour parler cette langue arabe qu'Andreï possédait maintenant.

D'autres fois, Saadia lui nommait les bijoux qui la paraient. Un jour, pour la mieux deviner, Andreï lui demanda de quoi était mort son mari.

– Quand l'heure est venue, nul ne saurait la retarder du temps qu'il faut pour cligner de l'œil... Et celui qui commet l'iniquité encourt la colère de Dieu.

Une ombre passa dans le regard de Saadia.

Un jour, il la trouva seule au logis. Leur maison était isolée et voilée par le rempart des palmiers. Elle lui sourit et l'invita à entrer quand même.

– Viendra-t-elle bientôt la mère ?

– Non, elle ne viendra pas... Mais viens-tu ici pour elle seule qui est vieille et dont les jours sont écoulés ?

Et Andreï, dans la douloureuse ivresse d'aimer, la regarda.

Souriante, le regard adouci, elle était debout devant lui, accueillante.

Pour la première fois, Andreï connut toute la volupté des sens qu'il avait savamment préparée, l'embellissant de tout son rêve.

Quand la lune rouge du soir emplit la chambre, Saadia le congédia, doucement, par prudence...

– Fais un détour... Je ne sais si la vieille pardonnera. Il vaut mieux que je la sonde d'abord.

Et Andreï s'en alla.

Le désert tout rouge brûlait et une ombre bleue s'étendait comme un voile sous les palmiers dont les sommets s'allumaient d'aigrettes de feu.

Et Andreï s'arrêta, la poitrine oppressée, en un immense élan de reconnaissance envers la Terre si belle et la vie si bonne.

LE MAJOR

Tout, dans cette Algérie, avait été une révélation pour lui… une cause de trouble presque – d'angoisse. Le ciel trop doux, le soleil trop resplendissant, l'air où traînait comme un souffle de langueur, qui invitait à l'indolence et à la volupté très lente, la gravité du peuple vêtu de blanc, dont il ne pouvait pénétrer l'âme, la végétation d'un vert puissant, contrastant avec le sol pierreux, gris ou rougeâtre, d'une morne sécheresse, d'une apparente aridité… et puis, quelque chose d'indéfinissable, mais de troublant et d'enivrant, qui émanait il ne savait d'où, tout cela l'avait bouleversé, avait fait jaillir en lui des sources d'émotion dont il n'eût jamais soupçonné l'existence.

En venant ici, par devoir, comme il avait étudié cette médecine qui devait faire vivre sa mère veuve, ses deux sœurs et son petit frère frêle, comme il avait vécu et pensé jusqu'alors, il s'était soumis à la nécessité, simplement, sans entraînement, sans attirance pour ce pays, qu'il ignorait.

Cependant, depuis qu'il avait été désigné, il n'avait voulu rien lire, sans savoir de ce pays où il devait transporter sa vie silencieuse et calme, et son rêve triste et restreint, sans tentatives d'expression, jamais.

Il verrait, indépendant, seul, sans subir aucune influence…

Dès son arrivée, il avait dû écouter les avertissements de ses nouveaux camarades, qui le fêtaient et qu'il devinait ironiques protecteurs, dédaigneux de sa jeunesse inexpérimentée, soucieux surtout de leurs effets et de l'épater... Indifférent, il écouta leurs plaintes et leurs critiques : pas de société, rien à faire, un morne ennui. Un pays sans charme, les Algériens brutaux et uniquement préoccupés de gain, les indigènes répugnants, faux, sauvages, au-dessous de toute critique, ridicules...

Tout cela lui fut indifférent et il n'en acquit qu'une connaissance de ces mêmes camarades avec lesquels il devrait vivre...

Puis, un jour, brusquement, enfant des Alpes boisées et verdoyantes, des horizons bornés et nets, il était entré dans la grande plaine, vague et indéfiniment semblable, sans premiers plans, presque sans rien qui retint le regard.

Ce lui fut d'abord un malaise, une gêne. Il sentait tout l'infini, tout l'imprécis de cet horizon entrer en lui, le pénétrer, alanguir son âme et comme l'embrumer, elle aussi, de vague et d'indicible. Puis, il sentit tout à coup combien son rêve s'élargissait, s'étendait, s'adoucissait, en un calme immense, comme le silence environnant. Et il vit la splendeur de ce pays, la lumière seule, triomphante, vivifiant la plaine, le sol lépreux, en détruisant à chaque instant la monotonie... La lumière, âme de cette terre âpre, était ensorcelante. Il fut près de l'adorer, car en la variété prodigieuse de ses jeux, elle lui sembla consciente.

Il connut la légèreté gaie, l'insouciance calme dans les ors et les lilas diaphanes des matins... L'inquiétude, le sortilège prenant et pesant, jusqu'à l'angoisse, des midis aveuglants, où la terre, ivre, semblait gémir sous la caresse meurtrissante de la lumière exaspérée... La tristesse indéfinissable, douce comme le renoncement définitif, des soirs d'or et de carmin, préparant au mystère menaçant des nuits obscures et pleines d'inconnu, ou claires comme une aube imprécise, noyant les choses de brume bleue.

Et il aima la plaine.

Des dunes incolores, accumulées, pressées, houleuses, changeant de teintes à toutes les heures, subissant toutes les modifications de la lumière, mais immobiles et comme endormies en un rêve éternel, enserraient le ksar incolore, dont les innombrables petites coupoles continuaient leur moutonnement innombrable.

De petites rues tortueuses, bordées de maisons de plâtre caduques, coupées de ruines, avec parfois l'ombre grêle d'un dattier cheminant sur les choses, obéissant elle aussi à la lumière, de petites places aboutissant à des voies silencieuses qui s'ouvraient, brusquement, décevantes, sur l'immensité incandescente du désert… Un bordj tout blanc, isolé dans le sable et de la terrasse duquel on voyait la houle infinie des dunes, avec, dans les creux profonds, le velours noir des dattiers… Çà et là, une armature de puits primitif, une grande poutre dressée vers le ciel, inclinée, terminée par une corde, comme une ligne de pêcheur géante… Dominant tout, au sommet de la colline, une grande tour carrée, d'une blancheur tranchant sur les transparences ambiantes et qui scintillait au milieu du jour, aveuglante, gardant le soir les derniers rayons rouges du couchant : le minaret de la zaouïya de Sidi Salem.

Alentour, cachés dans les dunes, des villages esseulés, tristes et caducs, dont les noms avaient pour Jacques une musique étrange : El-Bayada, Foum-Sahhaeuïne, Oued-Allenda, Bir-Araïr…

La première sensation, poignante jusqu'à l'angoisse, fut pour Jacques celle de l'emprisonnement dans tout ce sable, derrière toutes ces solitudes, que, pendant huit jours, il avait traversées, qu'il avait cru comprendre et qu'il avait commencé à aimer…

Voilà que maintenant, tout cet espace qui le séparait de Biskra, où il avait quitté les derniers aspects un peu connus, un peu familiers, tout cela lui semblait prenant, tyrannique, hostile jusqu'à la désespérance presque...

Un capitaine, deux lieutenants des affaires indigènes, un officier de tirailleurs et le sous-lieutenant de spahis, vieil Arabe, momie usée sous le harnais, tels étaient ses nouveaux compagnons... Dès son arrivée auprès d'eux, un grand froid avait serré son cœur. Ils étaient courtois, ennuyés et loin de lui, si loin... Et il s'était trouvé seul, lamentablement, dans l'angoisse de ce pays qui, maintenant, l'effrayait. Silencieux, obéissant toujours dans ses rapports avec les hommes à la première impression instinctive qu'il sentait juste, il se renferma en lui-même. On le jugea maussade et insignifiant, ce pâle blond aux yeux bleus, dont le regard semblait tourné en dedans. Ce qui acheva de les séparer, ce fut que tout de suite, il se sentit leur supérieur grâce à son intellectualité développée, toute en profondeur, avec son éducation soignée, délicate.

Il étudia, consciencieusement, la langue rauque et chantante dont, tout de suite, il avait aimé l'accent, dont il avait saisi l'harmonie avec les horizons de feu et de terre pétrifiée...

Comme cela, il leur parlerait, à ces hommes qui, les yeux baissés, le cœur fermé farouchement, se levaient soumis, et le saluaient au passage.

– Les indigènes, quels qu'ils soient, sont tenus de saluer tout officier, avait dit le capitaine Malet, aussi raide et aussi résorbé par le métier de dureté que Rezki le turco.

– Je vous engage à ne jamais rapprocher ces gens de vous, à les tenir à leur juste place. De la sévérité, toujours, sans défaillance... C'est le seul moyen de les dompter.

Dur, froid, soumis aveuglément aux ordres venant de ses chefs, sans jamais un mouvement spontané, ni de bonté, ni de cruauté, impersonnel, le capitaine Malet vivait depuis quinze ans parmi les indigènes, ignoré d'eux et les ignorant, rouage parfait dans la grande machine à dominer. De ses aides, il exigeait la même impersonnalité, le même froid glacial…

Jacques, dès les premiers jours, s'insurgea, voulant être lui-même, et agir selon sa conscience qui, méticuleuse, lui prépara des mécomptes, des désillusions et une incertitude perpétuelle. Le capitaine haussa les épaules.

– Voilà, dit-il à son adjoint, une nouvelle source d'ennuis. L'autre (son prédécesseur) se pochardait et nous rendait ridicules… Celui-là vient faire des innovations, tout bouleverser, juger, critiquer… Je parie qu'il est imbu d'idées humanitaires, sociales et autres… du même genre. Heureusement qu'il n'est que médecin et qu'il n'a pas à se mêler de l'administration… Mais c'est embêtant quand même… À tout prendre, l'autre valait mieux… Moins encombrant. Aussi pourquoi nous envoie-t-on des gosses ! Si au moins c'étaient des Algériens…

Et le capitaine s'attacha dès lors à montrer franchement, froidement, au docteur sa désapprobation absolue. Cela attrista Jacques. S'il ne se soumettait plus au jugement des hommes, il souffrait encore de leur haine, sinon de leur mépris.

De plus en plus, ce qui, dans ses rapports avec les hommes, lui répugnait le plus, c'était leur vulgarité, leur souci d'être, de penser et d'agir comme tout le monde, de ressembler aux autres, et d'imposer à chacun leur manière de voir, impersonnelle et étroite.

Cette mainmise sur la liberté d'autrui, cette ingérence dans ses pensées et ses actions l'étonnaient désagréablement… Non contents d'être inexistants eux-mêmes, les gens voulaient encore annihiler sa personnalité à lui, réglementer ses idées, enrayer l'indépendance de ses actes… Et, peu à peu, de la douceur primordiale, un peu timide et avide de tendresse, de son caractère, montaient une sourde irritation, une rancœur et une révolte. Pourquoi admettait-il, lui, la différence des êtres, pourquoi eût-il voulu pouvoir prêcher la libre et féconde éclosion des individualités, en favoriser le développement intégral, pourquoi n'avait-il aucun désir de façonner les caractères à son image, d'emprisonner les énergies dans les sentiers qu'il lui plaisait de suivre et pourquoi, chez les autres, cette intolérance, ce prosélytisme tyrannique de la médiocrité ?

Très vite, l'éducation de son esprit et de son caractère se faisait, dans ce milieu si restreint où il voyait, comme en raccourci, toutes les laideurs qui, ailleurs, lui eussent échappé, éparpillées dans la foule bigarrée et mobile.

Pourtant, le grand trouble qu'avait introduit dans son âme la révélation, sans transition, de ce pays si dissemblable du sien, se calmait lentement, mais sensiblement. Là où il avait d'abord éprouvé un trouble intense, douloureux, il commençait à apercevoir des trésors de paix bienfaisante et de féconde mélancolie.

Tout d'abord, il n'avait pas voulu visiter le pays où, pour dix-huit mois au moins, il était isolé. Du touriste, il n'avait ni la curiosité ni la hâte. Il préférait découvrir les détails lentement, peu à peu, au hasard de la vie et des promenades quotidiennes, sans but et sans intention. Puis, de cette accumulation progressive d'impressions, l'ensemble se formerait en son esprit, surgirait, tout seul, tout naturellement…

Ainsi, il avait organisé sa vie, pour moins souffrir, et plus penser…

Au lendemain de son arrivée, il avait dû aller, le matin, au bureau arabe pour visiter les malades civils, les indigènes. Un jeune tirailleur, d'une beauté féminine, aux longs yeux d'ombre et de langueur, lui servait d'interprète. Un caporal infirmier, face rubiconde et réjouie, un peu goguenarde, l'assistait.

Dans une cour étroite et longue, une vingtaine d'indigènes attendaient, accroupis, en des poses patientes, sans hâte.

Quand Jacques parut, les malades se levèrent, quelques-uns péniblement, et saluèrent militairement, gauches.

Les femmes, cinq ou six, élevèrent leurs deux mains, ouvertes disgracieusement au-dessus de leur tête courbée, comme pour demander grâce.

Dans le regard de ces gens, il discerna clairement de la crainte, presque de la méfiance.

Le groupe des hommes en burnous terreux, faces brunes, aux traits énergiques, aux yeux ardents abrités de voiles sales et déchirés… Celui des femmes, plus sombre. Faces ridées, édentées de vieilles, avec un lourd édifice de tresses de cheveux blancs rougis au henné, de tresses de laine rouge, d'anneaux et de mouchoirs… Faces sensuelles et fermées de jeunes filles, aux traits un peu forts, mais nets et harmonieux, au teint obscur, yeux très grands étonnés et craintifs… Le tout, enveloppé de mlahfa d'un bleu sombre, presque noir, drapé à l'antique.

Attentivement, corrigeant par la douceur de son regard, par la bonhomie affectueuse et rassurante de ses manières la brusquerie que donnait à ses interrogations le tirailleur interprète, Jacques examina ses malades, pitoyable devant toute cette misère, toute cette souffrance qu'il devait adoucir. La visite fut longue… Il remarqua l'étonnement ironique du caporal… Le tirailleur était impassible.

Cependant, malgré l'attitude nouvelle pour eux de ce docteur, les indigènes ne s'ouvrirent pas, n'allèrent pas au-devant de lui. Des siècles de méfiance et d'asservissement étaient entre eux.

Et, en s'en allant, Jacques sentit bien que la besogne dont il voulait être l'humble ouvrier était immense, écrasante… Mais il ne se laissa pas décourager : si tous les bras retombaient impuissants, devant l'œuvre à accomplir, si personne ne donnait le bon exemple, le mal triompherait toujours, incurable. Et puis Jacques croyait en la force vive de la vérité, en la bonne vertu rédemptrice du travail.

Au quartier, à l'hôpital, il rencontra les mêmes faces fermées et dures, semblables à celle de son ordonnance, roidie, sortie de l'humanité. La pauvreté de leur vie, sans même une façade, le frappa : le service machinal, un petit nombre de mouvements et de gestes toujours les mêmes à répéter indéfiniment, par crainte d'abord, puis par habitude. En dehors de cela, de la vie réelle, personnelle, on leur avait laissé deux choses : l'abrutissement de l'alcool et la jouissance immédiate, à bon marché, à la maison publique. Là, dans ce cercle étroit, se passaient les années actives de leur vie…

… Huit créatures pâlies, fanées, assises sur des banquettes de pierre, devant une sorte de cabaret … Des vêtements clairs, tachés, déchirés, salis, mais violemment parfumés. Des chairs flasques, couturées, usées à force d'être pétries par des mains brutales et avides, des cellules nues, sales et laides, aux vermineux matelas de laine, et, pour quelques sous, une étreinte souvent lasse, subie par nécessité, sans aucun écho, sans une vibration de chair amie… Des bouteilles de liquides violents, procurant une chaleur d'emprunt, une fausse joie qu'ils ne trouvaient pas en eux, tel était le coin de vie personnelle où se réfugiaient ces hommes qui, pour la sécurité du pain et de la paillasse, vendaient leur liberté, la dernière des libertés humaines : aller où l'on veut, choisir le fossé où l'on subira les affres de la faim, la morsure du froid…

Jacques, naïvement, crut compatir à leur souffrance, leur attribuant les sensations que lui donnait, à lui, leur vie… Il crut que leurs récriminations constantes contre leur sort étaient le résultat de la conscience de leur misérable situation… Puis il fut étonné et troublé de voir qu'ils ne souffraient pas de vivre ainsi… « Chien de métier », « Vie trois fois maudite ! » disaient-ils… « Encore tant de jours à tirer… » Ils comptaient les jours de misère… Puis, rendus à la liberté à la fin de leur « congé », ils rengageaient, sans broncher… Si, par hasard, ils s'en allaient, au bout de six mois, gênés, errant dans la vie, ils revenaient, remettaient leur nuque docile sous le joug… Et Jacques les plaignit d'être ainsi, de ne pas souffrir de leur déchéance et de leur servitude.

Jacques avait rêvé du rôle civilisateur de la France. Il avait cru qu'il trouverait dans le Ksar des hommes conscients de leurs missions, préoccupés d'améliorer ceux que, si entièrement, ils administraient… Mais, au contraire, il s'aperçut vite que le système en vigueur avait pour but le maintien du statu quo.

Ne provoquer aucune pensée chez l'indigène, ne lui inspirer aucun désir, aucune espérance surtout d'un sort meilleur. Non seulement ne pas chercher à les rapprocher de nous, mais, au contraire, les éloigner, les maintenir dans l'ombre, tout en bas… rester leurs gardiens, et non pas devenir leurs éducateurs.

Et n'était-ce pas naturel ? Puisque dans leur élément naturel, à la caserne, ces gens ne cherchaient jamais à s'élever un peu vers eux, à rapprocher d'un type un peu humain la masse d'en bas, la foule impersonnelle, puisqu'ils étaient habitués à être là pour empêcher toute manifestation d'indépendance, toute innovation, comment, appelés par un hasard qu'ils pouvaient qualifier de bienheureux, car il servait à la fois tous leurs intérêts et leur ambition, à gouverner des civils, doublement étrangers à leur vie, comme pékins d'abord, comme indigènes ensuite, comment n'eussent-ils pas été fidèles à leur criterium du devoir militaire : niveler les individualités, les réduire à la subordination la plus stricte, enrayer un développement qui les amènerait certainement à une moindre docilité ?

Et il concluait : Non, ce n'est pas leur métier de gouverner des civils… Non, ils ne seront jamais des éducateurs… Chacun d'entre eux, en s'en allant, laissera les choses dans l'état où il les avait trouvées à son arrivée, sans aucune amélioration, en mettant les choses au mieux. C'est le règne de la stagnation, et ces territoires militaires sont séparés du restant du monde, de la France vivante et vibrante, de la vraie Algérie elle-même, par une muraille de Chine que l'on entretient, que l'on voudrait exhausser encore, rendre impénétrable à jamais, fief de l'armée, fermé à tout ce qui n'est pas elle.

Et une grande tristesse l'envahissait, à la pensée de cette besogne qui eût pu être si féconde, et qui était gâchée.

Ce qui augmentait encore l'amertume de son mécontentement, c'était son impuissance personnelle à rien améliorer dans cet état de choses dont il voyait clairement le danger social et national.

Occupant une situation infime dans la hiérarchie qui dominait tout, qui était la base de tout, placé à côté de ce bureau arabe omnipotent, n'ayant aucune autorité, il devait rester dans son rôle de spectateur inactif.

Aux débuts, il avait bien essayé de parler, à la popote, mais il s'était heurté au parti pris inébranlable, à la conviction sincère et obstinée de ces gens, et aussi, ce qui le fit taire, à leur ironie.

« Vous êtes bien jeune, docteur, et vous ignorez tout de ce pays, de ces indigènes… Quand vous les connaîtrez, vous direz comme nous. » Le capitaine Malet avait prononcé ces paroles sur un ton de condescendance ironique qui avait glacé Jacques.

Depuis qu'il commençait à comprendre l'arabe, à savoir s'exprimer un peu, il aimait à aller s'étendre sur une natte, devant les cafés maures, à écouter ces gens, leurs chants libres comme leur désert et comme lui, insondablement tristes, leurs discours simples. Peu à peu, les Souafas commençaient à s'habituer à ce Roumi, à cet officier qui n'était pas dur, pas hautain, qui leur parlait avec un si franc sourire, qui s'asseyait parmi eux, qui, d'un geste, les arrêtait, quand ils voulaient se lever à son approche pour le saluer…

Pourquoi était-il comme ça ? Ils ne le savaient pas, ne le comprenaient pas. Mais ils le voyaient secourable à toutes leurs misères, combattant patiemment, pas à pas, leur méfiance, leur ignorance. Les malades, rassurés par la réputation de bonté du docteur, affluaient au bureau arabe, s'adressaient à lui au cours de ses promenades, troublaient sa rêverie, sur les nattes des cafés… Au lieu de s'impatienter, il constatait ce qu'il y avait là de progrès, et se réjouissait. La difficulté de sa tâche ne le rebutait pas, ni l'ingratitude de beaucoup.

Son heure de repos délicieux, de rêve doucement mélancolique était celle du soir, au coucher du soleil. Il s'en allait dans un petit café maure, presque en face du bureau arabe, et là, étendu, il regardait la féerie chaque jour renaissante, jamais semblable, de l'heure pourpre.

En face de lui, les bâtiments laiteux du bordj se coloraient d'abord en rose, puis, peu à peu, ils devenaient tout à fait rouges, d'une teinte de braise, inouïe, aveuglante… Toutes les lignes, droites ou courbes, qui se profilaient sur la pourpre du ciel, semblaient serties d'or… Derrière, les coupoles embrasées de la ville, les grandes dunes flambaient… Puis, tout pâlissait graduellement, revenait aux teintes roses, irisées… Une brume pâle, d'une couleur de chamois argenté, glissait sur les saillies des bâtiments, sur le sommet des dunes. Des renfoncements profonds, des couloirs étroits entre les dunes, les ombres violettes de la nuit rampaient, remontaient vers les sommets flamboyants, éteignaient l'incendie… Puis, tout sombrait dans une pénombre bleu-marine, profonde.

Alors, du grand minaret de Sidi Salem et de petites terrasses des autres mosquées délabrées, la voix des mueddine montait, bien rauque et bien sauvage déjà, traînante. Avec cette voix de rêve, les dernières rumeurs humaines de la ville sans pavés, sans voitures, se taisaient et, tous les soirs, une petite flûte bédouine se mettait à susurrer une tristesse infinie, définitive, là-bas, dans les ruelles en ruines des Messaaba, dans l'ouest d'El Oued.

Jacques rêvait.

Il aimait ce pays maintenant. À son besoin jeune d'activité, sa tâche journalière suffisait... Et toute l'immense tristesse, tout le mystère qui est le charme de ce pays contentaient son besoin de rêve...

Jacques était resté, par goût d'une certaine esthétique morale, et par timidité aussi, très chaste. Mais ici, bien plus que là-bas, en France, dans l'alanguissement de cette vie monotone, dans sa solitude d'âme, il éprouvait le grand trouble des sens avides. Il n'avait pas prévu cela... Cependant, d'abord, le désir qui, chez lui, exacerbait l'intensité de toutes les sensations, lui fut doux, quoique inassouvi. Il entretenait son âme ouverte à toutes les extases, à tous les frissons.

Mais, bientôt, ses nerfs surexcités se lassèrent de cette tension anormale, épuisante, et Jacques sentit une irritation sans cause, un énervement invincible l'envahir, troubler sa douce quiétude.

Il se tâcha contre lui-même, lutta contre cette excitation dont il ne se dissimulait pas la nature, presque toute matérielle.

Puis, un soir, il errait, lentement et sans but, dans une ruelle des Achèche, dans le Nord d'El Oued, où toutes les maisons étaient en ruines et semblaient inhabitées. Il aimait ce coin de silence et d'abandon. Les habitants étaient morts sans laisser d'héritiers ou étaient partis au désert, à Ghadamès, à Bar-es-Sof ou plus loin... La nuit tombait et Jacques, assis sur une pierre, rêvait.

Soudain, il aperçut, dans l'une de ces ruines, une petite lumière falote... Une voix monta, cadencée, accompagnée d'un cliquetis de bracelets... Une voix de femme, qui, doucement, chantait... Cela semblait une incantation, tellement il y avait de mystérieuse tristesse dans le rythme de ce chant... Le vent éternel du Souf bruissait dans les décombres et, dans son souffle tiède, une senteur de benjoin glissa.

Le chant se tut et une femme parut sur le seuil d'une maison un peu moins caduque que les autres. Grande et mince sous sa mlahfa noire, elle s'accouda au mur, gracieuse. À la pâle lueur encore vaguement violacée, Jacques la vit. Un peu flétrie, comme lasse, elle était très belle, d'une beauté d'idole.

Elle le vit et tressaillit. Mais elle ne rentra pas... Longtemps, ils se regardèrent, et Jacques sentit un trouble indicible l'envahir.

– Arouah !... dit-elle, très bas. (Viens !) Et il s'approcha, sans une hésitation.

Elle le prit par la main et le guida dans l'obscurité des ruines, vers la petite lumière suspendue à un crochet de fer fiché dans un mur ; une petite lampe de forme très ancienne brûlait, vacillante : une sorte de petite cassolette carrée en fer où nageait dans l'huile une mèche grossière. Sur une petite cour intérieure, deux pièces encore habitables s'ouvraient. Dans un coin, sur un feu de braise, une marmite d'eau bouillait. Un grand chat noir, frileusement roulé en boule, rêvait dans la lueur rouge du feu, avec un tout petit ronron de béatitude.

La femme avait fait asseoir Jacques sur le seuil de la chambre et restait debout devant lui, silencieuse. Jacques lui prit les mains. Les siennes tremblaient et il sentait sa tête tourner, délicieusement. De sa poitrine oppressée une douce chaleur remontait à sa gorge, presque étouffante... Jamais il n'avait éprouvé une ivresse de volupté aussi aiguë et il eût voulu prolonger indéfiniment cette délicieuse torture. Mais, sans savoir, il balbutia :

– Mais... qui es-tu donc ? Et comment es-tu ici ?

Elle s'appelait Embarka, la Bénie. Son mari, pauvre cultivateur de la tribu des Achèche, était mort... Elle, orpheline, n'avait plus qu'un frère, porteur d'eau dans les grandes villes du Tell, elle ne savait plus au juste où. Elle, restée seule, s'était laissée aller avec des tirailleurs et des spahis : elle était sortie et avait bu avec eux. Alors, comme personne ne voulait plus d'elle pour épouse, elle s'était réfugiée là, dans la vieille maison de son père, et y vivait avec sa tante aveugle. Pour leur nourriture, elle se prostituait. Maintenant, elle craignait le Bureau Arabe... Ça dépendait de lui, le toubib, et elle le supplia de ne pas la faire entrer à la maison publique, de garder son secret. Jacques la rassura... Embarka parlait peu. Son récit avait été simple et bref... Elle semblait inquiète.

Elle quitta Jacques pour aller boucher l'entrée avec des planches et des pierres : parfois, les soldats venaient, la nuit...

Puis, elle revint, et transporta la petite lampe dans la chambre vide et nue : sur le sable, une natte et quelques chiffons composaient tout le mobilier. Là, tout à coup, le bonheur, presque celui dont il avait rêvé... Et la vie lui semblait très simple et très bonne.

...

Embarka, dans l'intimité, était restée silencieuse, discrète, d'une soumission absolue, sans s'ouvrir pourtant. Et cette ombre de mystère dont elle s'enveloppait inconsciemment, loin d'inquiéter Jacques, le charmait. Quand elle le voyait rêver, elle gardait le silence, accroupie dans la petite cour ou vaquant aux travaux de son ménage. Ou bien, elle chantait, et cette voix lente, lente, douce et un peu nasillarde était comme la cadence de son rêve, à lui.

Il venait là, tous les soirs, désertant l'ennuyeuse popote, et la demeure de cette prostituée arabe était devenue son foyer. Lui était-elle fidèle ? Il n'en doutait pas.

Dès le premier jour, elle avait accepté ce nouveau genre de vie, sans une surprise, sans une hésitation. Elle ne manquait de rien. Le soir, les soldats ivres ne venaient plus acheter son amour et le droit de la battre, de la faire souffrir, pour quelques sous. Embarka était heureuse.

Au quartier et au bureau arabe, Jacques constatait beaucoup de progrès. Plus de sombre méfiance dans les regards, plus de crainte mêlée de haine farouche. Et il croyait sincèrement avoir gagné tous ces hommes.

Il y avait bien un peu de négligence, chez eux, à son égard. Ils étaient moins empressés à le servir, moins dociles, désobéissant souvent à ses ordres, et l'avouant sans peur, car il ne voulait pas user du droit de punir.

Jacques était trop clairvoyant pour ne pas distinguer tout cela. Mais n'était-ce pas naturel ? Si ces hommes étaient soumis à ses camarades, jusqu'à l'abdication complète de toute volonté humaine, c'était la peur qui les y contraignait. On était plus empressé à le servir qu'à lui obéir, à lui… Mais on le faisait aussi à contre-cœur. Tandis qu'envers lui, même les services de Rezki, si raide, si figé, ressemblaient à des prévenances. Même dans la lutte constante qu'il avait à soutenir contre la mauvaise volonté des indigènes qui ne voulaient pas suivre ses prescriptions, ni surtout améliorer leur hygiène, Jacques avait remporté quelques victoires. Il avait acquis l'amitié des plus intelligents d'entre eux, les marabouts et les taleb. Par son respect de leur foi, par son visible désir de les connaître, de pénétrer leur manière devoir et de penser, il avait gagné leur estime qui lui ouvrit beaucoup d'autres cœurs, plus simples et plus obscurs.

Pourquoi régner par la terreur ? Pourquoi inspirer de la crainte qui n'est qu'une forme de la répugnance, de l'horreur. Pourquoi tenir absolument à l'obéissance aveugle, passive ? Jacques se posait ces questions et, sincèrement, tout ce système d'écrasement le révoltait. Il ne voulut pas l'adopter.

Un jour, le capitaine fit appeler le docteur dans son bureau.

– Écoutez, mon cher docteur ! Vous êtes très jeune, tout nouveau dans le métier… Vous avez besoin d'être conseillé… Eh bien, je regrette beaucoup d'avoir à vous le dire, mais vous ne savez pas encore très bien vous orienter ici. Vous êtes d'une indulgence excessive avec les hommes… Vous comprenez, comme commandant d'armes, je dois veiller au maintien de la discipline…

Mais c'est encore moins grave que votre attitude vis-à-vis des indigènes civils. Vous êtes beaucoup trop familier avec eux ; vous n'avez pas le souci constant et nécessaire d'affirmer votre supériorité, votre autorité sur eux. Croyez-moi, ils sont tous les mêmes, ils ont besoin d'être dirigés par une main de fer. Votre attitude pourra avoir dans la suite les plus fâcheuses conséquences… Elle pourrait même jeter le trouble dans ces âmes sauvages et fanatiques. Vous croyez à leurs protestations de dévouement, à la prétendue amitié de leurs chefs religieux… Mais tout cela n'est que fourberie… Méfiez-vous… Méfiez-vous ! Moi, c'est d'abord dans votre intérêt que je vous dis cela. Ensuite, je dois prévoir les conséquences de votre attitude… Vous comprenez, j'ai ici toute la responsabilité !

Blessé profondément, ennuyé surtout, Jacques eut un mouvement de colère et il exprima au capitaine ahuri d'abord, assombri ensuite, ses idées, tout ce qui résultait de ses observations.

Le capitaine Malet fronça les sourcils.

– Docteur, avec ces idées, il vous est impossible de faire votre service ici. Abandonnez-les, je vous en prie. Tout cela, c'est de la littérature, de la pure littérature. Ici, avec de pareilles idées, on aurait tôt fait de provoquer une insurrection !

Devant cette morne incompréhension, Jacques se sentit pris de rage et de désespoir.

– Pensez ce que vous voudrez, docteur, mais, je vous prie, ne mettez pas en pratique ici de pareilles doctrines. Je ne puis le tolérer, d'ailleurs. Nous sommes ici si peu de Français, il me semble qu'au lieu de provoquer de telles dissensions parmi nous, nous devrions nous entendre…

– Oui, pour une action utile, humaine et française ! s'écria Jacques.

Hautain, le capitaine répliqua :

– Nous sommes ici pour maintenir haut et ferme le drapeau français. Et je crois que nous le faisons loyalement, ce devoir de soldats et de patriotes… On ne peut pas faire autrement sans manquer à son devoir. Nous sommes des soldats, rien que des soldats. Enfin, j'ai tenu à vous prévenir…

Jacques, troublé dans son heureuse quiétude, ennuyé et agacé, quitta le capitaine. Ils se séparèrent froidement.

Mais, fort de sa conscience, Jacques ne modifia en rien son attitude.

De jour en jour, il sentait croître l'hostilité de ses camarades. Ses rapports avec eux restaient courtois, mais ils se réduisaient au strict nécessaire. Il était de trop, il gênait.

...

Alors, Jacques se replia encore plus sur lui-même, et la petite maison en ruines lui devint plus chère. Là, il se reposait, dans ce décor qu'il aimait ; là, il était loin de tout ce qui, au bordj, lui rendait désormais la vie intolérable. Embarka ne le questionnait pas sur les causes de sa tristesse, mais, assise à ses pieds, elle lui chantait ses complaintes favorites, ou lui souriait…

L'aimait-elle ? Jacques n'eût pu le définir. Mais il ne souffrait pas de cette incertitude, parce que, d'elle, ce qui l'attirait et le charmait le plus, c'était le mystère qui planait sur tout son être. Elle était pour lui un peu l'incarnation de son pays et de sa race, avec sa tristesse, son silence, son absolue inaptitude à la gaieté, au rire... Car Embarka ne riait jamais.

Dans son sourire, Jacques découvrait des trésors de tristesse et de volupté. D'ailleurs, il l'aimait ainsi inexpliquée, inconnue, car il avait ainsi l'enivrante possibilité d'aimer en elle son propre rêve...

Dans d'autres conditions, avec une plus grande habitude du pays et de la race arabe, et surtout si leur étrange amour avait commencé plus simplement, Jacques eût peut-être vu Embarka sous un tout autre jour...

Peu à peu Jacques redevint calme et vaillant, oubliant l'avertissement du capitaine, dont il n'avait pas même soupçonné la menace.

Et, voluptueusement, il se laissa vivre.

Il y avait cinq mois déjà qu'il était là. Il savait maintenant parler la langue du désert, il connaissait ces hommes qui, au début, lui avaient semblé si mystérieux et qui, après tout, n'étaient que des hommes comme tous les autres, ni pires, ni meilleurs, autres seulement. Et justement, ce qui faisait que Jacques les aimait, c'était qu'ils étaient autres, qu'ils n'avaient pas la forme de vulgarité lourde qu'il avait tant détestée en Europe.

Et l'horizon de sable gris enserrant la ville grise n'angoissait plus Jacques : son âme communiait avec l'infini.

● ● ●

À l'aube claire et gaie, dans la délicieuse fraîcheur du vent léger, Jacques quittait les ruines. Une joie infinie dilatait sa poitrine. Il marchait allègrement, ivre de vie et de jeunesse, dans les rues qui s'éveillaient. Ce pays, qu'il aimait, lui sembla tout nouveau, comme si un voile, qui l'eût recouvert jusqu'ici, eût été brusquement retiré. El Oued, dans son cadre immuable de dunes, apparut à Jacques d'une splendeur insoupçonnée encore.

Oh ! rester là, toujours, ne plus s'en aller jamais ! accomplir la bonne besogne pénible à la fois et captivante de son apostolat ; puis, à d'autres heures, s'abandonner à toutes les délicates douceurs de la contemplation. Enfin, dans la tiédeur des nuits, se donner tout entier à la superbe emprise de cet amour qu'il n'avait pas cherché… Jacques n'eût pu dire ce qu'il pensait de cette aventure, de cette femme, de ce qui résulterait de tout ce rêve à peine ébauché ; il ne voulait pas analyser ses sensations. Quand, par hasard, il songeait à mettre un peu d'ordre dans ces impressions nouvelles, ses idées se pressaient, touffues, rapides jusqu'à l'incohérence, et il préférait se laisser vivre de sa tristesse, de son grand calme que rien ne venait troubler jamais…

Il lui semblait que, dans ce pays, les jours et les mois s'écoulaient plus doucement, plus harmonieusement qu'ailleurs. Sa nervosité s'était calmée et son âme s'exhalait dans le silence des choses, toute en douceur, sans souffrance. Il voyait bien qu'il devenait peu à peu, insensiblement, enclin à une moindre activité, mais il s'abandonnait voluptueusement…

Il avait résolu de demander à rester là, toujours, car il n'éprouvait plus aucun désir de revoir des villes, des hommes d'Europe, ni même de la terre ferme et humide, et de la verdure.

Il aimait son Souf ardent et mélancolique et eût voulu finir là sa vie, toute en douceur, toute en beauté calme.

…

Jacques éprouva une singulière appréhension quand, vers le milieu de janvier, le capitaine lui demanda de nouveau à s'entretenir avec lui. Le chef d'annexe fut, cette fois, froid et cassant.

– Je vous ai déjà averti plusieurs fois, docteur, que votre attitude n'est pas celle qui convient à votre rang et à vos fonctions. Non seulement que, dans vos rapports avec les hommes et avec votre clientèle indigène, vous n'avez tenu aucun compte de mes conseils, mais encore, vous avez contracté une liaison avec une femme indigène de très mauvaise réputation. Vous en avez fait votre maîtresse, vous vivez chez elle. Actuellement, vous affichez votre liaison au point de vous promener, le soir, avec elle. Vous avouerez qu'une telle conduite est impossible. Je vous prie donc de rompre cette liaison aussi ridicule que préjudiciable à votre prestige, au nôtre à tous... Je vous en prie, rompez là. C'est un enfantillage, et il faut que cela finisse au plus vite, sinon, nous serions profondément ridicules. Vous concevez facilement combien il m'est désagréable de devoir vous parler ainsi... Mais excusez ma rudesse. Je ne puis tolérer un état de choses pareil... Songez donc ! Vous vous installez au café maure, à côté des pouilleux que vous avez déjà déshabitués de vous saluer... Vous avez des amitiés compromettantes avec des marabouts... Et cette liaison, cette malheureuse liaison !

Jacques protesta. Il n'était donc même plus le maître de sa vie privée, de ses actes en dehors du service ! Pourquoi d'autres officiers avaient-ils chez eux, dans le bordj, des négresses, cadeaux de chefs indigènes... Pourquoi d'autres amenaient-ils là des Européennes, d'affreuses garces sorties des mauvais lieux d'Alger ou de Constantine, qui trônaient insolemment à la popote, au cercle, même au bureau arabe, et qui exigeaient que les indigènes les plus respectables les saluassent, et que les hommes de troupe leur obéissent !

– Tout cela n'entache en rien l'honorabilité de ces officiers... Les négresses, ce ne sont que des servantes, des ménagères, voilà tout. Il ne faut pas prendre les choses au tragique. Quant aux Européennes, une liaison avec l'une d'elles n'a rien de répréhensible, et il est tout naturel que les indigènes, civils ou militaires, soient astreints vis-à-vis de Françaises au plus grand respect. Vous devez voir vous-même la différence qu'il y a entre les liaisons anodines de ces officiers et la vôtre, si excentrique, si préjudiciable à votre prestige.

– La mienne est assurément plus morale et plus humaine, mon capitaine.

– Enfin, je renonce à cette pénible discussion et, puisque vous voulez m'y forcer, je dois vous prévenir que, si vous ne modifiez pas entièrement votre manière de vivre et d'agir, si vous ne vous conformez pas aux usages dictés par la raison et par les besoins de l'occupation, je me verrai dans l'obligation, très désagréable pour moi, de demander à mes chefs que vous soyez relevé du poste.

Jacques connaissait le caractère sec et dur du capitaine, mais il n'eût jamais songé à cette éventualité, si terrible maintenant. Il rentra dans sa chambre et resta longtemps immobile, atterré. Changer sa vie, devenir comme les autres, abdiquer sa personnalité, ses convictions, devenir un automate, renoncer à la bonne œuvre commencée... chasser Embarka de sa vie... Enfin s'annihiler... Alors, à quoi bon, après, rester ici, dans cette ville qui deviendrait une prison.

Et la nécessité, cruelle comme un arrachement d'une partie de son âme et de sa chair, de s'en aller lui apparut.

Non, il ne se soumettrait pas. Il resterait lui-même...

Un morne ennui envahit son cœur. Mais, courageusement, il ne changea rien à son genre de vie.

...

Une nouvelle douleur l'attendait. Il remarqua que ses amis les marabouts et les chefs indigènes étaient gênés en sa présence, qu'ils ne se réjouissaient plus comme avant de ses visites, qu'ils ne cherchaient plus à le retenir, à l'attirer vers eux. Ils étaient redevenus froids et respectueux. Au café, malgré ses protestations, on se levait, on le saluait et les groupes se dispersaient à son approche.

Le charme de sa vie était rompu... De nouveau, il était un étranger... Quelque chose d'occulte et de méchant avait réveillé toutes les méfiances, toutes les craintes. Son œuvre croulait, lamentablement, encore inachevée, jetée à terre, brusquement, cruellement...

Les infirmiers étaient devenus nettement ironiques et, dans leur attitude, au lieu de la bonhomie ragaillardie qu'il avait su leur laisser prendre, il y eut parfois de l'insolence, presque du mépris.

Ses amis et ses compagnons de promenades lointaines, les spahis du bureau arabe, s'étaient de nouveau retranchés dans un mutisme lourd, dans la soumission froide des premiers jours.

Restait Embarka.

Mais la certitude que tout ce rêve dont il s'était grisé depuis une demi-année prenait fin, que tout s'éboulait, que c'était l'agonie de son bonheur, avait troublé pour lui le calme de sa demeure en ruines et charmante...

Jacques y passa des heures très amères, à songer à ces jours heureux, à jamais abolis, et aux causes de sa défaite.

Il comprenait qu'il avait suffi au capitaine et à ses adjoints de dire devant les chefs indigènes combien ils condamnaient l'attitude du docteur et combien sa fréquentation était peu désirable pour ses chefs pour qu'ils fussent obligés, dans leur subordination absolue, de l'abandonner…

Et une tristesse infinie serrait le cœur de Jacques. Un événement fortuit hâta l'écroulement définitif de tout ce qu'il avait édifié pour y vivre et pour y penser.

Embarka allait parfois rendre visite à une amie, mariée dans les Messaaba. Par insouciance de déclassée, elle ne se couvrait pas le visage.

Un soir qu'elle revenait de ce quartier éloigné du sien, elle fut insultée par Amor-Ben-Dif-Allah, le tenancier de la maison publique… Violente et point craintive, Embarka répondit… Les femmes de la maison se mêlèrent de la querelle et l'agent de police emmena Embarka en prison…

Convaincue de prostitution clandestine, elle fut emprisonnée pour quinze jours et inscrite sur le registre… Violemment, Jacques protesta, navré de voir son rêve finir ainsi dans la boue.

– Ah, sapristi, c'était votre maîtresse ? Je n'ai pas su que c'était celle-là… Oh, que c'est ennuyeux ! s'écria le capitaine. – Mais vous voyez combien j'avais raison de vous avertir ! Quel scandale… À présent, tout le monde parlera de la maîtresse du docteur. Que faire, en de pareilles circonstances ?

Je ne puis vous la rendre, car, après une telle histoire, si vous vous remettiez avec elle, ce serait un scandale épouvantable. Ah, que ne m'aviez-vous écouté !…

Jacques, tremblant d'émotion et de colère, répondit :

– Alors, vous allez la laisser en prison… jusqu'à quand ?

– Vous savez que la prostitution est très sévèrement réglementée… Cette femme ne peut sortir de prison que pour entrer à la maison de tolérance…

– Ce n'était plus une prostituée, puisqu'elle vivait maritalement avec moi !

– On l'a trouvée près de la maison publique, le visage découvert, en train de causer du scandale… Elle a été arrêtée… Les renseignements que nous avons sur elle nous prouvent qu'elle n'a jamais cessé de faire son vilain métier… entendez-vous, docteur. Cette femme ne peut vous être rendue, dans votre propre intérêt… Je vois que vous êtes excessivement romanesque… Que puis-je faire, voyons !

Le capitaine s'énervait, mais voulait garder un ton courtois et conciliant.

Tout à coup, Jacques, à qui cette discussion était pénible affreusement, prit une résolution, la seule qui lui restât.

– Alors, mon capitaine, je vais demander aujourd'hui même, par dépêche, mon changement… pour cause de santé…

Une lueur de joie passa dans le regard impénétrable du capitaine.

– Vous avez peut-être raison. Je comprends combien le séjour d'El Oued vous est pénible, avec vos idées qui, je n'en doute pas, se modifieront avant peu… Nous vous regretterons certainement beaucoup, mais, pour vous, il vaut mieux vous en aller.

– Oui, enfin, je pars avec la conviction très nette et désormais inébranlable de la fausseté absolue et du danger croissant que fait courir à la cause française votre système d'administration.

Le capitaine haussa les épaules :

– Chacun a ses idées, docteur... Après tout, vous êtes libre...

– Oui, je veux être libre !

Et Jacques partit.

Il attendit maintenant avec impatience l'ordre de quitter ce pays qu'il aimait tant, où il eût voulu rester, toujours.

Et, chose étrange, depuis qu'il savait qu'il allait partir, il semblait à Jacques qu'il avait déjà quitté le Souf, que cette ville et ce pays qui s'étendaient là, autour de lui, étaient une ville et un pays quelconques, n'importe lesquels, mais certes pas son Souf resplendissant et morne... Il regardait ce paysage familier avec la même sensation d'indifférence songeuse que l'on éprouve en regardant un port inconnu, où on n'est jamais allé, où on n'ira jamais, du pont d'un navire, lors d'une courte escale...

• • •

Au moyen d'un cadeau au chaouch, il put pénétrer pour un instant dans la cellule d'Embarka... Ce lui fut une nouvelle désillusion, une nouvelle rancœur : elle l'accueillit par un torrent de reproches amers, de larmes et de sanglots. Il ne l'aimait pas, lui, un officier qui pouvait tout, il l'avait laissé emprisonner, inscrire sur le registre... Et elle l'injuria, fermée, hostile, elle aussi, pour toujours...

Jacques la quitta.

• • •

Tout était bien fini...

Il voulut revoir au moins la petite maison en ruines où il avait été si heureux.

Comme il était seul, maintenant, et comme tout ce qu'il avait cru si solide, si durable ressemblait maintenant à ces ruines confuses, inutiles et grises !

Jacques souffrait. Résigné, il s'en allait, car il se sentait bien incapable de recommencer ici une autre vie, banale et vide de sens.

…

Sous le grand ciel du printemps, limpide encore et lumineux, sous l'accablement lourd de l'été, les dunes du Souf s'étendaient, moutonnantes, azurées dans les lointains vagues… Jacques avait voulu quitter le pays aimé à l'heure aimée, au coucher du soleil. Et, pour la dernière fois, il regardait tout ce décor qu'il ne reverrait jamais, et son cœur se serrait.

Pour la dernière fois, sous ses yeux nostalgiques, se déroulait la grande féerie des soirs clairs… Quand il eut dépassé la grande dune de Si Omar et qu'El Oued eut disparu derrière la haute muraille de sable pourpré, Jacques sentit une grande résignation triste apaiser son cœur… Il était calme maintenant et il regarda défiler devant lui les petits hameaux tristes, les petites zeribas en branches de palmiers, les maisons à coupoles, s'allonger démesurément les ombres violacées de leurs chevaux à ses deux spahis tout rouges dans la lumière rouge du soir.

Et l'idée lui vint tout à coup que, sans doute, il était ainsi fait que toutes ses entreprises avorteraient comme celle-là, que tous ses rêves finiraient ainsi, qu'il s'en irait exilé, presque chassé de tous les coins de la terre où il irait vivre et aimer.

En effet, il ne ressemblait pas aux autres, et ne voulait pas courber la tête sous le joug de leur tyrannique médiocrité.